然后

张小厚首部成长随笔

张小厚 作品

江苏凤凰文艺出版社

张小厚,本名张亮,85后,江苏泗阳人,"好妹妹"成员。
工程造价师,植物爱好者,猫奴,十八线巨星。
常居北京,打算搬走。

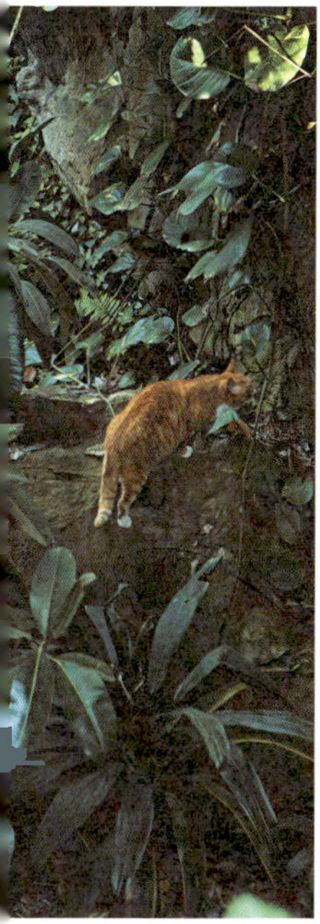

然后

听·写
姚谦

在我的观察里，小厚就是一个平凡的人，他的平凡是一种非常平衡的平凡。不过，容我先从"平凡人"在这个时代的意义来说一说。首先，平凡似乎是大家最想回避掉的面貌，从表象上看来，是指不突出，潜在的意义上则代表不争强好斗。是的，小厚从来不会刻意表现他的优点，甚至，对于较真、攀比以及针锋相对，他一直都用隐性方法回避着。似乎，他更乐意站隐身多数人群的那一方，而非被簇拥的少数人一方。小厚一直让生活处于稳定低调的状态，他没有太多其他艺人、艺术家们起伏不定的情绪与故事。他选择以身在其中的平行视角，怀着冷眼旁观的温柔，去面对生活，面对有棱有角的众生。

他的另一个特质是细心，所以，任何看似不张扬的事，都能在细节里看到他的回转。我相信许多喜欢"好妹妹"音乐的朋友都察觉到，每回他们在台前出现，小厚都会选择相对安静的角落，他的表达从不炫耀。在看似平凡的态度与语气之下，却可以咀嚼出属于张小厚的幽默、温柔，以及厚道。他的文字如人，也恰好呈现出小厚式的细心、仔细的那一面。沿字慢慢阅读，看他娓娓道来所构成韵的恬淡生活景致，那是属于张小厚生活色彩的美感。

我常觉得，这个世界上因为有着像他一样愿意以最平凡的姿态诉说的人，作品隽永的可能性才大大提高。特别是在今日，许多人不停标签化自我，炫耀技能与表达，最后都成为三秒钟流量的云烟，幸好有如张小厚这般细心的平凡人，才可以让诉说细水长流，陪我们一起看着世界，这种平凡才是一种值得珍惜的声音。

然后

往事历历

奚韬

收到小厚书稿后,我停下手边工作,仔细地读了两遍,往事历历在目。

一直以来,小厚都是我们三个人里记忆力最好的,做过的事情和去过的地方,所有细节清清楚楚,无论过了多久,只要问起来,他都能如数家珍。

2012年7月,"好妹妹"发行《春生》专辑并开始全国Live House巡演,当时我做时尚品牌十几年,工作如常,生活无奇。记得那天在广州喜窝看他们演出,结束后一起去陈家祠吃大排档,大家喝酒吃肉,谈论着巡演期间的趣事,好不快活。没过多久我出差去北京,《春生》实体售卖数量让整个音乐行业对"好妹妹"这个有着奇怪名字的组合刮目相看,几个大的唱片公司都发出邀约，他俩就叫我一起去听。聊了两家后，反而确定自己做工作室的决心，我们三个都没有纠结太久，坐下来讨论可能会碰到的事情，确定好彼此的工作范围，也就顺理成章地开始了。

在我没有加入之前，通常都是小厚去做经纪人的工作。小厚性格开朗，待人热心真诚，任何场合都能迅速和第一次见面的人热络寒暄起来，他总是可以化解初次见面的陌生和尴尬，有他在就不会冷场。加上他关注细节，善于发现问题，所以，对接工作、制定行程，传说中的Terry老师都能很好地处理。直至我当经纪人的阶段，很多时候小厚也是我们的公关担当。

在北京，我们住在同一个小区，工作生活都在一个特定的范围里，朝夕相处一段时间后，才发现他喜欢热闹的背后是害怕孤独。其实，现代人大多没有安全感，每个人的表现方式不同，小厚和我的共同方式就是喜欢找朋友一起吃饭，代价就是几年来我们的体重都增加了两位数。

做音乐这件事需要勇气，通过音乐表达内心，面对赞扬和质疑要坚持自我，又要找到与世界相处的方式，也要时刻更新自己的知识结构。小厚是典型的双子座，一面拖延，一面积极。他学车、写书用了好几年，但他又是我们中间最愿意主动尝试新事物的人，

然后

上戏剧表演课程，学习音乐理论，学习发声方法，喜欢瑜伽、动感单车、旅游、花卉植物，努力工作之外，生活丰富多彩。

这本书里，小厚记载了做音乐一路上的开心与辛酸，希望你能够一起感受。另外，也可以期待一下小厚今年将勇敢踏出安全范围，挑战自己的全新计划。

认识小厚已经7年有余，我深感幸运并且珍惜这份情感，作为工作伙伴和老友，希望能够携手同行，继续开心！

> 春季准时地到来,
> 你的心窗打没打开?
>
> 秦昊

此刻正是北京乍暖还寒的时候,前几天还热得穿短袖,今天已经下雨,气温降到10摄氏度以下了。小厚最近在闭门改稿,我们见面不算太多。

写书这件事已经说了很多年了,小厚一直都很佛系,有时候写一写,有时候又会全部推翻,就这样反反复复,来来回回。我们都发现,如果写完的文字被闲置上一阵子,自己就会看不上它,换句话说,就是看不上自己以前的想法。所以,我也默认咱们永远出不了书这回事。

然 后

但没有想到小厚这么严格地制定了出版计划,这么认真在改稿。大家终于不能再问他:"你看天上那朵云,像不像你假装在写的那本书?"

我俩一直是以有默契著称的,特别是在采访的时候,我说累了他就会往下接,他说累了我也会接下去,我们都知道对方的意思,也能感知对方的情绪。但我一直觉得语言和文字其实是两套完全不同的表达系统,一样的感受,说出来和写出来是效果很不同的。可能因为我一直比较口讷,说话不利索,所以很喜欢用文字的表达方式来告诉大家自己的想法。

而小厚,大家对他的感觉应该都是一致的吧,就是,条理很清晰,想得明白事件之间的联系,说得清楚自己想表达的核心,能快速做出相对高效率的决定,是一个能做领导的人。所以,经常在严肃场合突然需要总结发言的时候,我都会有意无意地把麦克风递给小厚,向他投去求助的眼神,不知道我的这种躲避和依赖会不会让他有一些压力。

不过,多年的艺人经历让我们培养出了自己的解压方式,我最近有些爱喝酒,这真的不太健康,不推荐给大家。而小厚最近频频出国游玩,我知道他在旅行时不喜欢做太详细的计划,所以应该有很多的不期而遇吧。闲散地走一走，给生活一些新鲜感，给工作一些空隙。我总是怕出门太累太折腾，所以还挺羡慕他这么爱旅行的，也期待他带回那些遥远的故事。

其实，写书不一定非要为了什么伟大目标，可能只是记录自己行走在世间的所见所感。但这些所见所感也许会不经意地感染到你，让你也在某一个春暖花开的时刻，放下手中的忙碌，带着这本书，和小厚一起四处行走，看看这个世界美好的那一面。

然后

目录

壹 —— 你好，妹妹

- 勿忘初心 —— 94
- 孤独的周末没人陪，只好在家听『你妹』 —— 85
- 关于郑州…… —— 75
- 大明湖畔的『好妹妹』 —— 69
- 你曾是少年 —— 37
- 原来我们都是爱着的 —— 30
- 那些断断续续的音符，幻化的美好 —— 24
- 往事只能回味 —— 13
- 你是我生命里的一首歌 —— 2

序　10—11

滤镜人生	151
但愿永远这样好	143
谁的青春不迷茫,其实我们都一样	132
山谷的家,是他们圈起的一块小小地方	122
如果这也可以是种生活	116
追梦人	111
你没有如期归来,这正是离别的意义	105

贰 —— 平常邮件

- 情弦 —— 165
- 就让我这样忘了你 —— 171
- 你就是北京本人 —— 178
- 此致，长春 —— 183
- 无声河流 —— 193
- 很高兴认识你 —— 204
- 我这么喜欢你，你可别死了 —— 210
- 情书的模样 —— 212
- 无尽的夏 —— 214
- 小秦同学 —— 217

叁 —— 往事只能回味

- 演员的丧生 —— 290
- 『NB』的『XX先生』 —— 281
- 便利时光 —— 274
- 姚女士的招牌菜 —— 269
- 不要叫我胖子 —— 265
- 白菜豆腐粉丝汤 —— 262
- 外婆 —— 249
- 匆匆别过 —— 238
- 你说那边鲜花还在开，所以我要去看你和大海 —— 232
- 和弦分解在心里 —— 230
- 石鼓路的匆匆过往 —— 226

肆——一种年轮

你好，妹妹

然后

你是我生命里的一首歌

以前很喜欢写日志和博客，常常一个月会发个十几篇，即便没有什么特别想表达的，也记录下了自己的日常，每次读起来，过去的事情便扑面而来，常常令自己感慨。但是从去年开始，我就不怎么写日志了，当有朋友复制以前写的东西给我看时，看到自己曾经描述的心情，心里其实还会一阵阵地难过。

估计回忆是写东西最好的催化剂吧。以前秦昊在无锡和我同住的时候，常常说我每日无所事事，建议我若闲着无聊，去写写博客也是好的。可自己还是懒得去写，总觉得不知道要说些什么，也怕以后读起来觉得尴尬，还不如不写，很随意地就开始自暴自弃了。不过，心情总是在变化的。当你孤身一人时，就会怀念过去，就会想，多记录下生活里的片段也挺好的。写下来，免得日子被填满时，再也找不回这些闪光的片段。

我洗完了澡，打开电暖气，泡了一杯茶，播了一首歌，歌名叫《细说往事》，开始，坐在西园里的出租屋里，慢慢地记录过去的时光。

我从来就不是一个习惯孤独的人，在无锡独自生活快3年，刚开始的日子非常苦闷和无趣，自己对生活和爱情都丧失了斗志，直到后来遇到了秦昊。

他的热情、他的能量让我明白了很重要的一点，人要用力地拥抱生活。

他独自背着书包从北方往南方流浪，一个人看风景。从北京开始，秦昊站在北京火车站的售票窗口前，看到了"菏泽"这个地名，便买了一张去菏泽的火车票。

3月，菏泽很冷，风吹得他非常凌乱。为了省钱，他住在一个没有暖气的招待所里，只睡了一夜，便冻感冒了。继续往南，到了徐州，从徐州再到南京。他在南京时给我打了电话，问无锡在哪里，离南京远不远。他要来找我。

我们在网络上认识了3年后，网友正式见面了，在无锡湖滨区滴翠路西园里小区西门门口。我们见面时有点尴尬，大家是很

然后

熟悉的朋友了，大学时代开始的"网络情缘"，见面时竟然有了一丝"奔现"的感觉。我俩都很害羞，彼此打了个招呼，很快便恢复了网上相处的模式，开始攻击对方。

"秦昊，你比我想象的要矮呀！"

"别说我了，你皮肤也没有照片里看着那么水灵！"

我新买了一把吉他，型号是YAMAHA F370C，秦昊进门就抱了起来，拨弹了几下之后，对我一甩头说，咱们以前都在网上唱歌给对方听，一起唱首歌如何？

大学时代，宿舍里的同学们都在打游戏。那时我和秦昊还有其他几个网友，我们常组一个QQ语音聊天室，天南海北地扯闲篇，大家在做作业，我和秦昊就唱歌给他们听。今天好不容易碰面了，一起唱首歌的提议，立马得到了我热情的回应。

我拉了一个凳子坐在他对面，然后两个人便面面相觑，唱什么歌好呢？

秦昊打开了我的电脑，随意在网页上搜索了"吉他谱"三个字，随便点了几下之后，扭过头问我，《你究竟有几个好妹妹》你会不会唱？我说OK。

是否每一位你身边的女子，最后都成为你的妹妹
她的心碎我的心碎，是否都是你呀你收集的伤悲

一起唱完这首1993年创作的经典情歌时，我俩都笑了。为啥我们要唱这首歌啊？谁知道呢，是个缘分吧。当时的我俩并不知道，这首歌对我们的意义。从我们第一次见面，一起唱完第一首歌那一刻，就已经开启了一段我们始料未及的生活。

秦昊在杭州做一家淘宝网店的摄影师，我在无锡市政设计院公用工程所做工程造价。因为杭州和无锡相隔得并不算远，我们开始在江浙沪地区常常碰面，有时去上海，有时在无锡。直到有一天，他打电话让我去杭州找他，去参加唱歌比赛。

秦昊在大学时代就跑去外地参加过唱歌比赛。他唱歌很好听，我只是喜欢唱歌，除了平时弹吉他哼唱，从没想过在KTV之外的地方唱给别人听。我们去参加的比赛是2010年的《快乐

然后

男声》,在杭州赛区。

在秦昊的出租屋里,我们排练了《红布绿花朵》和《花房姑娘》,第二天兴冲冲地跑到麦乐迪参加海选。海选现场有很多选手,着奇装异服的人很多,有人穿舞台装扮的亮片套装,也有人穿个性十足的豹纹皮短裤。我们俩互相看了看对方,帽衫牛仔裤和运动鞋,我们简直太普通了,普通到在人堆里根本没有人想多看我们一眼。

填报名表的时候,工作人员问我们,你们两个人参加的话,组合名称叫什么?我还在纳闷,秦昊用一种不服气的口吻大声地说,你好,我们是"好妹妹二重唱"!工作人员抬头看他的时候,我还没怎么听清,拉他胳膊问,什么什么二重唱?

好妹妹二重唱,成立了。在 2010 年 3 月 28 日。

我后来问秦昊,为什么要叫"好妹妹"?他说没想太多,觉得别的选手都很有记忆亮点,我们太平凡,想叫一个响亮点的名字。他脑海中闪过另一个名字,叫"薰衣草男孩",想想又觉得太像 10 年前的 QQ 昵称了,就想到我们第一次一起唱的《你究竟有几个好妹妹》，因为我俩都喜欢南方二重唱，便想到了"好妹妹二重唱"这个名字。

没想到隔了几年后，为什么要叫"好妹妹"这个名字，成为了我们出道之后最常被问起的问题。没有那么多深思熟虑，就是这样一个随意的决定，一个随意的契机，一个随意的名字。用秦昊的话来说，谁能想到呢，我们会红。

那场比赛，因为我俩太普通了，很快就被淘汰了。淘汰后我俩也没有多么失落，反而是觉得因为比赛，我们搞了一个二人组合也不错。"好妹妹"，听起来怪怪的，还经常被人念成"好姐妹"。管他呢，一起唱歌开心就好吧。

我和秦昊一起去了上海，跑去了一个薰衣草庄园。那天阳光很灿烂，晒得让人有点睁不开眼睛。我俩在薰衣草田间跑来跑去，庆祝我们的歌手梦被暂时断送了。同行的朋友帮我们拍了几张照片，照片里的我们很年轻，眼神是不知道明天将会怎样的迷茫，那时候我俩都很瘦，薰衣草铺成一大片的紫，我们坐在中间，两个人都笑着。

然后

　　那一瞬间，我有点恍惚，分不清我们是"薰衣草男孩"还是"好妹妹"。

2011.04.06

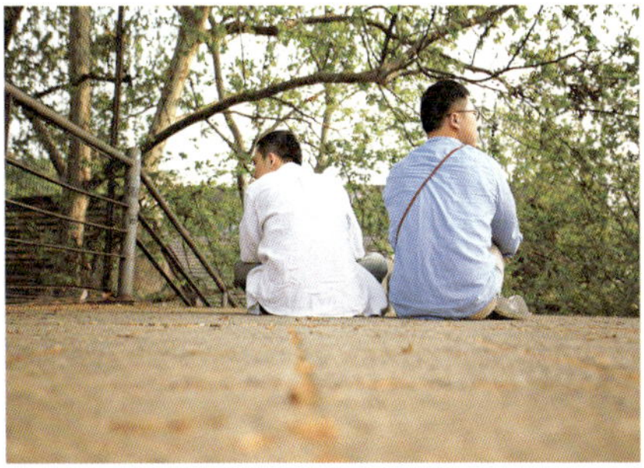

然 后

你好，妹妹　10
--
11

然后

往事只能回味

2010年，从无锡去杭州没有高铁，坐大巴车可以到杭州北站，也可以选择坐火车。我记得第一次去杭州找秦昊时坐了一夜的硬座，睡醒时天已经亮了，早晨的阳光洒进车厢。

记不清是路过桐乡还是哪里，铁路边是一片片金黄的油菜田，映得人金灿灿的，眯着眼睛看向窗外，感觉就像是春天朝脸上撒了一团玉米色的颜料，浓烈又不讨厌，使人心生欢喜。耳机里放的是《但愿永远这样好》，"来吧来吧，来吧来吧，不后悔。"

秦昊去火车站接了我，我们一起去了他新租的房子，在城站火车站的背后，一个叫海潮路的地方。怎么说呢，如果说有一种东西比他屋子里的霉菌更多，那一定就是蟑螂了。房子在顶楼，除去简单的桌椅，啥都没有，只有一个小的电饭锅可以煮东西吃。晚上我们就挤在那个破破的木板床上，在黑灯瞎火的房间里聊天。我不停地惊叹，这样破旧不堪的房子和一个落魄的画家还蛮搭的。

然后

在杭州，我们去逛了西湖、河坊街、吴山广场，走了一整个白天，我们都觉得很没意思，到处都是义乌生产的旅游纪念小商品和味道模糊的小吃。秦昊也觉得无趣，提议晚上去南山路喝酒，南山路上有很多酒吧，我们随意挑了一家进去坐了会。台上一个年轻的女孩在唱爵士，长得很像以前《快乐女声》的选手郝菲尔，女孩一直在唱英文歌。因为我们都喝了点酒，我怂恿秦昊上台唱首歌，他大大方方地就给大家唱了一首《绿岛小夜曲》。酒吧里其实没什么人，或许正因为如此他才敢上台，我在台下使劲为他鼓掌。

好像他在杭州生活得并不如意，住得一般，收入一般。甚至在我准备回无锡的时候，他突然跟我说："你可以把你卫衣外套留给我穿吗？我没有别的外套了。"我默默把衣服从包里掏出来，并没有说什么话，然后装作没事的样子递给他。

秦昊在杭州做的工作是网拍摄影师，每天要坐一个小时公交车去滨江区的工作室。他老是迷路或者坐错车，迟了还会被扣工资。快临近秦昊生日的时候，在无锡的几个朋友张罗着帮他庆祝。到了晚上，只剩我俩在房间里抱着琴坐在地上喝酒聊天，只点了几盏蜡烛，屋子是昏黄的，心情却很复杂，开心又不开心，说不清为什么。

秦昊接了一个电话,说了几句便挂了,抬起头对我说,小厚,我分手了。

我举起酒杯说,那恭喜你。

电话又响,这次是他的老板打来,挂断后,秦昊笑着说,我失业了。

我看着他说,你搬来无锡吧。

我无法体会一个人在24岁生日那天同时失业和失恋会有怎样的情绪,要是我的话,应该会哭得很大声,但秦昊越是无所谓的样子越是让人觉得他需要拥抱。我没有提议要一起喝醉或者一起抱头痛哭,一起骂老板和前任,我提议一起唱首歌好了。

我说,唱《往事只能回味》吧,让我们记住过去,好的那部分。

然后

他说，好，从现在开始，过去就过去了。

时间过去了很久，那一天的很多片段我都不记得了，只记得我们俩一起轻轻唱这首歌时的复杂心情。当过去跟自己说再见，因为并不是我们主动挥别，而是因为被生活踹了一脚，自己还得笑着爬起来，揉揉脑袋说我还好。我当时很想哭，我想如果我先哭了，秦昊会不会放下用力伪装的外壳，可以和自己柔弱地相处一会，男孩子也可以没那么坚强。可是他静静坐着，慢慢唱这首歌时，嘴角扬起的并不是一个年轻人失意的苦涩，而是觉得眼前这一切也还不错的浅笑。

在我们无比困惑为什么活得这么失败的时候，两个很吃力的人在一个不寒不暖的夜晚唱了一首歌，意外地收获了一点点勇气，给了彼此一点点支撑。还好，你在对面，我也不会那么害怕了。《往事只能回味》这首歌对我们也有了别样的意义。

我们常常在演唱会上安排最后一首歌是《往事只能回味》，每次演唱会时长两个半小时左右，时间很快就过去了，很多人是从很遥远的地方来赴约，当演出结束那一刹那，我们和观众一样有很空虚的感觉。就要说再见了，可再见到底是何时，谁也不知道。

可是,唱完《往事只能回味》,大家在回去的路上,脑海中会记着这首歌吧,会记着我们刚刚一起度过的那个夜晚,跟我们一起把那两个半小时的短暂时光珍藏在心里,成为我们共有的回忆。

对过去的怀念会存在,不舍和怀念都在,但大家继续往前走吧,就像多年前在出租屋里的那两个小伙子一样。想起过去,记得更多的是温暖闪光的片段,其他的,就留在这首歌里,让过去在这首歌结束的一刹那成为过去。

时光已逝永不回,往事只能回味。

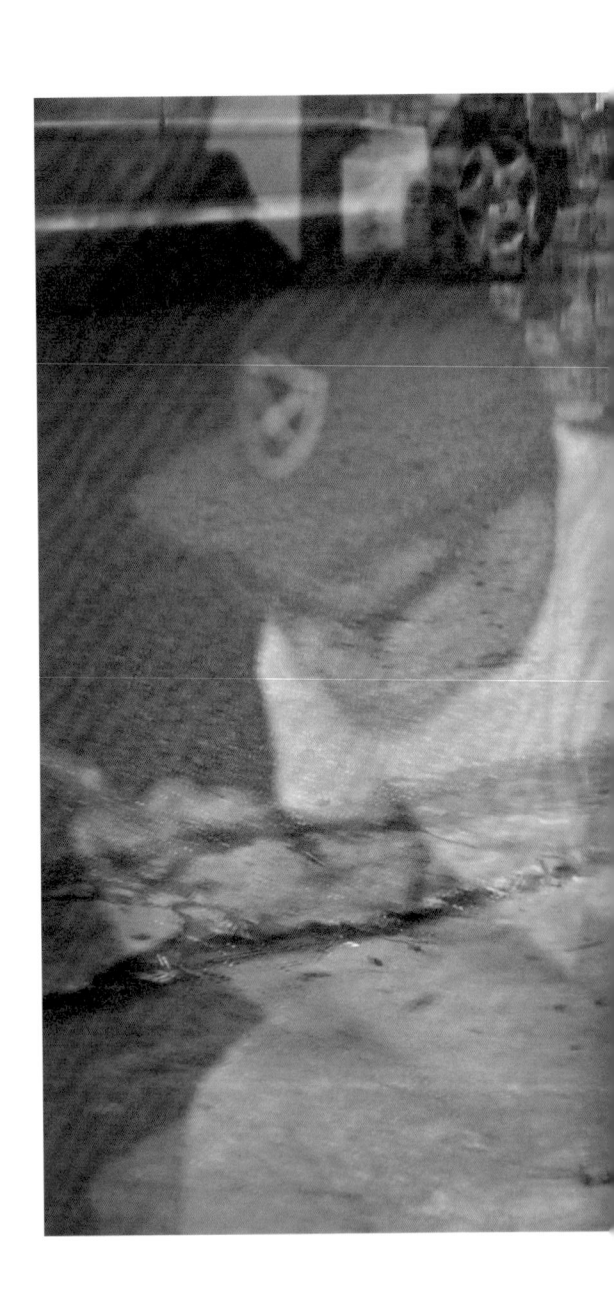

然 后

你好，妹妹

然 后

你好，妹妹

然 后

你好・妹妹 22 -- 23

那些断断续续的音符，幻化的美好

冬天很真切地来了，呼吸时会吐出一团团白雾。

行走在陌生又熟悉的城市，仿佛呼吸的不是空气，而是冬季里形形色色的孤独个体。我们一口一口地呼吸，消耗掉了温度，不知不觉地，愈加寒冷、孤独。

2011年冬天，我从南京到了北京，穿着不够暖和的冬衣跟一群朋友窝在没有暖气的厂房排练编曲，信誓旦旦地说要自己制作和发行一张唱片，当时觉得这是一件既荒诞又刺激的事。在经历了一些并不愉快的争吵之后，我和秦昊回到南京，两个人做完了"好妹妹"的第一张专辑，并开始了第一次巡演。

在无锡演出的时候，我见到了很多以前的同事和朋友，那天我给大家讲了一个故事。

2009年，朋友带我去看了一个演出，民谣合辑《速写穿越》

全国巡演的无锡站演出，那次巡演乔小刀带着赵雷、赵照、曹秦、小猛等来自北京的音乐人。

那天晚上，我戴着草帽，坐在小小的酒吧里。看着乔小刀老师把《小乌龟》这样一首简单又安静的歌，唱出了无比坚韧强大的力量，我变得亢奋而激动。演出结束后，我兴冲冲地跟乔老师说，我也很想写歌学弹吉他。乔老师告诉我，他也是从什么都不会开始的，3个和弦也可以写一首歌，任何事情都需要去试试。

乔小刀有一句格言，叫"坚持挖鼻孔，一定会挖出鼻屎"。秦昊在西安的时候去参加过乔小刀的签售会，当时乔小刀给秦昊写的寄语就是这句话。后来我们成立组合、出唱片，都曾受到乔小刀的影响。后来有一天，大乔小乔新专辑在北京开发布会，乔小刀突然邀请我们去做嘉宾。那时，一种奇妙的感觉萦绕心头，可以和影响过自己的人成为朋友，真是一件令人很愉悦的事情。

和乔小刀一样影响我的，还有一个乐队，叫拇指姑娘，也是一群爷们组成的乐队。在巡演途中，坐火车或者坐飞机，我耳机里播的大多数都是拇指姑娘的歌。

然后

拇指姑娘的主唱叫刘子芙，据说子芙这个名字是他和他初恋女友为他们未来的孩子起的名字。后来他们分手了，他说，既然这个孩子没有机会来到这个世界上，那么他就变成子芙，替子芙活下去。

应该有很多朋友听过《云的衣裳》这首歌，很多次旅行途中，当子芙缓缓地唱道，"我行走在未知的路上，你消失在人海茫茫，我停留在深深的记忆里，无法改变最初。我们，走到了头，爱的尽头"，我就会难过得流泪。

谢谢他写出这么美丽又忧伤的歌，给每个心里有故事的人一些温暖和理解。有时候，对待爱情和生活，我们都是那么无能为力，却又沉浸其中，无法自拔。有时候觉得生命被安排的所有所有的一切，都是老天让我们在短暂的时光中尽量体会，体会欢喜忧伤，再自我救赎。享受恋爱中每一分钟的欢愉，以及每一丝痛苦。一次次受伤害后，我们就长大了。

我和秦昊充满疲惫，带着收获结束了专辑的巡演。走完一万多公里，"好妹妹"的第一张唱片《春生》，以这样一种形式，边走边唱地传播给了大家。

坦白说，这张专辑里的 8 首歌，除了《冬》在录制时是非常考究地一遍遍琢磨的，其他的 7 首歌都只录了两三遍就过了，录制的棚时总共只有 15 个小时。很多唱片公司的制作人得知这个情况后，都表示很惊讶。可能在专业领域里，我们的做法显得很粗糙和不够用心，但我们也在自己的能力范围内做了最大的努力。有一些歌的音准和节奏都出现了问题，只能以后找机会重新编曲重新录制。

《你飞到城市的另一边》是秦昊在专辑制作期间，往返于南京和北京之间的创作，也是我们两个人共同的美好希望。常常会在各种场合听到所谓的"老师"不断地告诫年轻人，他们用自己的人生经验告诉年轻人该做什么不该做什么。而我觉得，年轻人就应该在年轻时去尝试自己想做的事情，画出自己的人生轨迹，而不是去复制别人的生活。做一个自在如风的少年，飞在天地间，比梦还遥远。

《春生》里的歌都在传递一种温暖的感觉，我们用这些歌书写生活。这些歌的音符都是断断续续的片断，却组成了 2012 年对我而言最美好的风景。

2012.12.19

然 后

你好，妹妹

然后

原来我们都是爱着的

当我扛着吉他箱子拎着袋子又翻包找钥匙,以一种极其诡异的姿势打开北京的家门时,室友王小熊猫正光着身子打电话,门开了,我俩对视了几秒后都愣住了。

王老师说,你咋突然就回来了?我说,你咋光着?

出门巡演了两个月,终于回到了北京,终于第一次去了东北。

浅浅地睡了一觉后,我躺在北京的早晨里听窗外的鸟鸣,静静地想着刚刚发生过的事情和一个在远方的朋友。刚刚结束的《春生》巡演去了东北,一个想了很久的地方,终于如愿了,那心里一定留下了特别的记忆吧。但现在想想,在东北发生的一切好像也没有我想象的那么令人难忘。

我和秦昊是坐船到的东北,结束了在山东的巡演后,我们在烟台考虑如何去下一站。研究之后,发现烟台有轮渡可以到大连,便决定买船票过海。船还没开,秦昊已经晕船了,躲在船舱里死活都不出来。而我则对航程兴奋不已,在船舱里跳上跳下。

正午的阳光把海面映得波光粼粼,美到让人想在甲板上迎着海风跳舞。我趴在栏杆上,和同行的朋友一起在甲板上看海。我看着天上跟随客轮一起飞的海鸥,有游客向空中抛掷食物,海鸥可以在空中利落地接到食物,像狗。

船体庞大,像一只巨大的机械怪兽在水面前行,航路上的船只交错,远远看去,每只船都在平静又深邃的海洋上漂浮,那么渺小。低头看,海水是绿色的,墨绿色。有个四五岁的小姑娘拉着我的手问我,为什么这里的天是蓝色的,海却是绿色的?因为海水中有含有叶绿素的浮游生物,所以红光和蓝光被吸收了,绿光反射出来,因此我们看到海是绿色的。天是蓝色的,因为有鱼?所以,blue、blue?我想了想,觉得好难跟小孩子解释,就回避了问题,拉着小朋友在甲板上玩起了转圈圈的游戏。她妈在旁边一直很慈爱地看着我们玩,眼神中带着一点点警惕,被我看出来了。

然后

我踩过布满石头的海滩,穿行在一个在我看来安静又温和的城市里。大连有好吃的日料和令我着迷的口音,朋友带我去了发现王国,和欢乐谷并没有什么两样,在过山车上朋友拉着我的手,我一边大声尖叫一边想起第一次去游乐园时的情景,和现在也差不多。

在大连演出完后,我们去了沈阳,一个正在全城修地铁的地方。巡演还剩下沈阳、长春、哈尔滨三个城市,我和秦昊早早地预约了王老师,一个来自长春的东北人。从沈阳开始,王小熊猫加入了我们的巡演,给我们做嘉宾。

说起和王小熊猫相识的缘分真是很妙,在王老师还是一个漫画家的时候,我就认识了他,秦昊也是看着他的漫画长大的,后来还专门考到长春,和王老师成了校友。王老师在望京的住处是我们常常聚会的场所,我们在那儿喝酒聊天唱歌。我刚来北京的时候,王老师收留了我,带我一起租了房,给了我一个家。

王老师有首歌叫《少年之夏》,巡演路上他唱这首歌的时候轻柔得像一团棉花,而我总在他唱到某一句歌词的时候不怀好意地笑出声音。他带着我们吃遍了东北,最地道的锅包肉和酸菜锅，东北的一切让我感觉亲切。我们喝啤酒吃烧烤，王老师带我们去了光阴咖啡馆。我和秦昊背着巡演赚来的现金，半夜跑到长春万达广场的一个ATM柜存钱，好多好多一百元，把我俩乐坏了。

哈尔滨的演出在一个创意园区里，一个走秀的场地，舞台中央有一条长长的T台，两侧是观众的座席。演出到一半时，我拿出了在大连买的两个头箍，一个自己戴上，一个强行扣在秦昊的脑袋上。

结束了最后一场在哈尔滨的演出，巡演终于暂告一段落。巡演对于我和秦昊而言像是一场人生的旅行，过程虽精彩刺激，但终归败给了每天的奔波。在大连跟朋友喝酒聊以前上学时的日子，讲大家这几年的变化，我突然意识到，原来我一直都不孤单，以前的朋友并没有走远。原来我们都是爱着的，爱着各自的生活。

在东北的那几天我睡得很安稳，很平实，是巡演路上睡得最好的几晚。我们在旅途中照顾自己，关照彼此，收拾好简单的行李，在七夕那一天，飞到城市的另一边，继续旅程。

然后

    起床后的王老师敲门问我要不要喝咖啡，我说好。过了一会他端着咖啡走进我的房间，对我笑意盈盈地说，第一次去东北感觉怎么样？

    我接过咖啡抿了一小口，用东北话回他，老带劲了！

2012.08.27

你好，妹妹

然后

你曾是少年

2013年12月,我和秦昊开始第一次剧院巡演。演出前,我们把巡演主题定为"你曾是少年"。这次演出完成了我们一直以来正式组建乐队的想法,并第一次展开在剧院和音乐厅的巡演,对我和秦昊来说,是个很大的挑战。在开始北京的最后一场演出之前,我写下这些文字,回顾了刚刚过去的一个月的生活。

雪松路的蟹脚热干面

第一次剧院演唱会巡回要开始了,我们组织乐队到北京排练。鼓手李罡和贝斯手顾小鹅都相继从南京到了北京,因为我和秦昊在武汉有一整天的通告,所以没有办法第一时间和乐队其他成员汇合。《春生》巡演时我曾到过武汉,之后就再也没有来过。这次来宣传演唱会,是第二次来到武汉。

工作人员把第二天的通告表递给我和秦昊看,我坐在车上,

然 后

你好，妹妹　38
－
39

然 后

看了一眼之后发出一声哀号。秦昊见我如此反应,赶紧抢过来看,又一声哀号。第一个工作是参加武汉早高峰的电台直播,最后一个是晚上11点。车上的工作人员见我俩如此反应,也都笑了。

早上做通告有一个好处,就是必须早早起床,然后可以吃到武汉的经典早餐热干面。热气腾腾的食物总是可以给人很多能量,所以上午的工作我俩都是热情满满的。到下午的时候,我脸贴着车窗,看着车窗外因为修地铁被挖开的路面,开始抱怨说,真的有点累了。平时嘻嘻哈哈的秦昊见我如此颓,突然开始演起来,他捏尖了嗓子,很积极很热情地对我尖叫:"小厚!我们要拿出燃烧生命的热情,全力以赴今天所有剩下的通告,我们很努力的。"我看着他故作励志的样子,心里骂了一句土死了,还是笑着说:"好呀!"

下午做通告时还发生了一个小插曲。因为工作人员的失误,把两个直播的节目时段重叠了。前一个直播电台还没完结,对面直播间的工作人员已经过来催我们直播了。那一瞬间,所有人都傻眼了。幸好我们是两个人,我临时提议说,那我先去这个马上要开始的直播节目吧,秦昊负责上一个,结束后火速加入下一场。工作人员觉得这也是个办法，就答应了。当我战战兢兢推开直播间大门的时候，正听到主持人打电话发脾气，吐槽统筹工作的不靠谱。我不停地道歉，很努力地很活跃地参与节目，同时心里还在嘀咕自己推开门时听到的那句抱怨，"张惠妹都没有这么大牌！"哈哈。节目组去很多大学采访了学生，录下了他们跟我们说的话，我和秦昊在节目之后也一直感谢主持人做了这期很用心的节目。

武汉太大了，满城奔波中，开始慢慢对这个城市有了一点点认识，就像脑子里一块块区域的地图连接了。通告结束后已经是夜里11点30分，我们坐在雪松路的沈记蟹脚面店，开心得像两个二傻子。然后，我们带着满足的胃和疲惫不堪的身体，赶第二天的早班机离开了这个城市。

我们走过很多城市，有些第一次去便知道再也不会来，而有些地方，第一次便喜欢上。我也不知道自己是怎么了，在不同的城市记住的总是一些碎片化的画面，一些无关紧要的故事，一些留在唇齿边的味道。武汉去过的次数并不多，但给我留下了很好的回忆。

然 后

灯火照散孤单

到达上海后，乐队提议还是要再次排练一下，毕竟是巡演的第一场。我找了上海的朋友帮忙预订了排练房，在共和新路上。排练很顺利，但是感觉大家都很疲惫，秦昊也不是特别高兴，觉得人一多就要和很多人打交道，这样很累。

演出的前一天，天儿要去场地看一下设备情况。这次巡演，他负责乐队所有的统筹工作，吃饭的时候我跟他说，明早我跟你一块去看场地吧。天儿说他6点就得起床，担心我并没有办法那么早起床。我俩约定让他早上打电话叫我起床，我俩在门口的馄饨摊吃了早饭后，便打车去了演出场地。

或许是因为周六，早上7点多的上海一点也不堵车，但是因为当天雾霾超严重，我和天儿都恍惚觉得好像还在北京。在车上，我也不知道为什么自己不好好睡觉，兴冲冲地跑去现场干吗。可能是因为太过期待，想第一时间去看看巡演第一场会在什么样的地方吧。

东方艺术中心有很多出口，我和天儿在门口抽烟时看到叶子远远地冲我们打招呼。叶子是演出主办方的负责人,"你曾是少年"的巡演也是她谈定的。我也冲叶子挥了挥手,天儿虽然在微信上一直和叶子对接工作事宜,但并没有见过她本人。当叶子靠近我们时,天儿突然掐灭了烟,跟我说,有歌迷过来,咱们进去吧。我和叶子当场爆笑。

走进场地时,碰到了王铁群老师。王老师是我们这次演唱会的调音师,第一次合作是我们7月20日在杭州大剧院的演唱会。那次演唱会是我和秦昊第一次使用高规格的演出设备,演出完兴奋不已的我俩还一直追问王老师听起来怎么样,他很严肃地说了很多不满意之处,包括场地的扩音和设备的限制等问题,我俩都超级怕他。

他看见了我便问:"大早上的,你跑来干什么?"

我说:"演出前来看一下场地,找找感觉。"

爸妈都来了上海,自从看完杭州的演唱会,他们就表达了想看更多场的意愿。我在后台完成了妆发,换完衣服后,走到他们面前,神情十分嘚瑟,觉得自己做了一件超酷的事情。

然后

我刚辞职那阵子，我妈总是担心我会不务正业，常常给我打电话，打着打着就哭了起来。我老跟他们讲，你们要相信我，我不会学坏的，我会努力生活啊。后来直到我拉着他们来看我的演出，看我和秦昊在舞台上唱的那些故事，听我们讲的那些青春，爸妈都好像重新认识了我，原来他们心中的那个小孩，已经长大了，有了自己的经历，有了对这个世界的态度。

在上海唱了重新编曲的《西园里的猫》，只在这一场唱了，因为蒋总坐在台下。在无锡生活的时候，蒋总在一个夏日午后，拿着吉他在我租住的小屋里轻轻哼着歌，窗外是7月的盛夏，有香樟叶子，和一瓶放了很久的可乐瓶子，太阳晒在透明的瓶子上，里面氤起了很多水珠。那个画面是我脑海中对于2009年夏天的全部记忆。后来因为他要回老家，便开车把自己的两只猫送到无锡我的家里。我和秦昊开始照顾这两个小家伙，给它们买了很多罐头。

后来母猫病得很重，蒋总就把两只猫都接回去。没多久母猫去世了，又过了一年，公猫也生病去世了。那时候我在南京，躲在被窝里哭惨了。第一次养猫，两只都离开了，那种感觉就像小时候家里有长辈去世一样。小时候小，对死亡没什么感觉，等到后来知道死亡就是意味着对方从你的生活里彻底消失，心里才彻底崩溃，无法抑制地难过。

蒋总离开无锡的时候，我买了一个小小的盆栽，似乎是想依靠这小小的绿色重新适应没有朋友的生活。27天后，我看着枯萎的叶子，独自度过了那年的冬天。

西园里，是无锡滨湖区的一个小区，我在那里生活了3年。小区有很多流浪猫，因为养猫的缘故，我把剩下的猫粮和在菜场买的小鱼都拿到绿化带旁边去喂流浪猫。有些胆大的，会冲着我叫，还会蹭一下裤脚。更多的还是远远看着，等你走远了，跑过去把煮熟的鱼叼着跑掉。那个时候我就站着，看它们躲在树丛后面吃东西，心里思量这无聊的一个人的生活，站久了还是一个人回屋待着。

蒋总病了，我去医院看他。他刚刚做完手术，平时热情开朗的他变得很憔悴。晚上他伤口发痛，浑身都是汗，忍不住冲我说："你救救我，我好痛。"身边的朋友们都忍着眼泪，忙着安抚他。后来蒋总出院了，我有一天心情很差，给他打电话，随后说了一句："我好想去死。"他淡淡地回道："别老死不死的，好好

然 后

活着最好。"我突然怔住了,心里好酸。

在上海开演唱会的时候,我说,这首歌送给你。其实我还想讲很多别的话,但是我忍住了,因为,即便我什么都不说,你也都听得懂。最后是春天来了春天来了,所有的苦难都会过去,属于你的春天一定会来的。

可能是因为第一次在音乐厅举办演唱会,我和秦昊都很兴奋,格外卖力。慢慢地,时间都过去了两个小时,我和秦昊对视一眼,然后我们开始唱:"你呀你,是自在如风的少年,飞在天地间,比梦还遥远。"这首歌重新编曲后,变得更加悠扬。我和秦昊看着并不遥远的观众的脸,唱着这首歌,一年多前的躁郁时光全都闪回到了脑中。

有几个听众,把手机的闪光灯打开了,跟着节奏轻轻地摇着。因为场地是360度的环绕坐席,四周都有观众,所以大家都效仿起来。我看着满场的灯一颗颗亮了起来,嘴里唱着:"你飞到城市另一边,飞了好远好远,飞过了蓝色的海岸线,飞过我们的昨天……"那种感觉好像你走在一条孤单又黑暗的路上,突然有一个好心的路人帮你照了一盏灯，可以让你看清脚下的路，然后越来越多的人不约而同都为你点了灯，最终他们变成了一片温暖的灯海。

我后来几乎是哼完整首歌的，泪都流到嘴里。那片灯海让我和秦昊感动不已，灯火照散了我们在异乡的孤单。

理发店里的小哥

上海演出结束之后，韬哥回了广州，乐手们也都回到各自的城市。我们回到北京休整。

我找了个时间去理发，理发店的小哥两个月前怂恿我把头发漂了色，所以颜色很浅很黄。在杭州参加西湖音乐节时被很多人讲头发颜色像屎，还有很多听众朋友"威胁"我，说再不染黑就转"黑粉"了。后来我把头发染回深色，气质立马清新脱俗了起来，变得质朴又憨厚。但麻烦的是，过段时间颜色就会自动变浅，只能定期去染。

然 后

12月的北京已经很冷了,店里客人不是很多,音响里一直放着中学时代的歌,整个气场变得很复古,让人恍惚以为回到了1999年。染头发的时候,我一直在刷微信和朋友圈。有个朋友正好在跟我讲瑞士的一种断食排毒减肥法,我就在手机上各种搜索。然后美容院的姑娘瞄了眼我的手机,看我一直在看排毒相关的讯息,就热情地跟我说,大哥,你想试试我们美容院里的一个畅销项目吗,大肠水疗,排毒很好的。我满脸错愕地看着她,她依然滔滔不绝地向我介绍他们是怎么操作的,怎么揉肚子,用什么样的试剂,怎么灌肠等等,持续了半个小时的大力推荐。最后,我只好跟她说,我考虑一下吧,我要是下定决心了再找你。

染发时间都比较久,一直看手机,头都开始发昏,陪我去发廊的同事在沙发上已经睡着打呼了。这时候,一直站在我身后帮我检查发色的小伙子突然开始主动跟我聊天。

他说,哥,我1996年的,初中刚毕业,没考上高中就来北京了,刚来4个月。我愣了一下,说,然后呢?他说,其实我还挺想读书的,但是成绩不好,我爸不让我读职高,普通高中也上不了,就从河南来北京了,学美容美发。我当时并不知道要怎么接话，但又不好打断他，这个小伙子估计很想分享心情，但并不知道跟谁说吧。我初中毕业那么大时，和陌生人说话都不太敢，那时候我还每天嚷着让我妈给我煮方便面加蛋当营养早餐。

他见我在听，便继续说，哥你知道吗，我们学美容美发还会定期培训的，我们在通州集体培训，学校里规章制度很严格，在食堂吃饭不能剩下饭菜，特别是还不能迟到，迟到一次要扣50块钱的。他讲着讲着自己也笑，嘴上埋怨着，但我估计这种类似校园的集体生活，也是他最习惯和熟悉的氛围吧。

我抬头眯着眼看了一眼镜子里的这个青年，个子小小的，仿佛是哪个亲戚家的小孩，青涩的脸被北京初冬的寒风吹得红彤彤的。他接着跟我说，我刚来北京三四个月，第一次出家门就来首都，我还挺高兴的，但是我们每个月只休息4天，我抓住时间，还到处看了看，北京太大了，故宫是挺霸气的，但是八达岭太远了，赶上同事调班，想去也去不了，自己也不是很敢去太远的地方。现在都12月中旬了，我算着日子呢，还有48天就过年了，到时候买点特产回去跟我爸讲讲，看还能不能继续上学。虽然学美容美发也挺好的，但是一个人在北京，有点害怕。

然后

他自顾自地说着，自己说到好玩的地方就笑笑，我一直托着腮看着对面镜子里这个小孩，眼前只有他的轮廓，摘了眼镜的我看不清他的模样。

突然想到了我们的歌《一个人的北京》，"许多人来来去去，相聚又别离，让我拥抱你，在晴朗的天气。"

我曾去过尖沙咀

在去深圳演出之前，有香港的媒体约我们去凤凰卫视总部做电台采访。我和秦昊坐飞机到深圳宝安机场，拎着吉他，坐大巴转地铁，终于赶到凤凰卫视的总部。

我们第一次接受香港的媒体访问，特别是对凤凰卫视的总部很好奇。工作人员接我们去电台直播间的时候，路过了他们的演播大厅，那是一个很大的开放式摄影棚，工位在正中间，四周则是不同的节目 live 现场，有新闻节目，有评论节目，看起来比电视上的新闻演播厅还要酷一些。

节目很顺利，我们俩也聊得挺开心，主持人突然问，在香港做节目和在内地有什么不同的感受？我还仔细想了一下，好像并没有什么不同。那次访谈让我们知道，香港人民也超级爱听凤凰传奇的歌，《最炫民族风》传遍了大街小巷。

节目结束后，我和秦昊去找同事会合，我们做节目时，他们去海港城逛街了。我和秦昊先是打车到了地铁站，然后搭地铁到了尖沙咀。上一次来香港，是我和秦昊准备从香港出发去台湾看春浪音乐节，结果因为我的入台证出了问题，自己滞留香港。那次我在尖沙咀闲逛了4天，附近的街巷基本都走过一遍。所以我和秦昊就冒着小雨在人群中凭着记忆往会合地点赶去。

尖沙咀有一个很有名的琴行，叫通利琴行。每次来香港，我都会去逛一下，虽然我们也不会弹什么乐器，但里面有很多奇奇怪怪的小打击乐器，非常有趣。这次我们在通利琴行买了副会发光的鼓棒，打算送给鼓手李罡。

在香港吃吃喝喝了一个下午，晚上我们就赶小火车回了深圳。从香港回程的时候，路过红磡体育馆，当时心头闪过一个念

然后

头,不知道"好妹妹"会不会有一天在这里唱歌。

可知一生有你,我都陪在你身边

刚刚完成了彩排,在离开场馆的时候,送我们回宾馆的车卡在了深圳音乐厅的停车场门口。司机师傅在跟停车场的大哥说着听不懂的粤语,可能在沟通车证之类的事情。

觉得闷,我就打开了车窗透气。车旁有几个阿姨像是在散步,正好站在停车场门口,有个阿姨透过停车场往里面看,边看边和姐妹们搭腔道,听说明天这里有演唱会,是个什么"小妹妹组合",我已经让小孩帮我买了票,我要去看的呀。

我和秦昊同时扭头看向对方,嘴角抽搐,已经是快要无法抑制的状态,准备随时爆笑出声。我心生好奇,探出头问阿姨,怎么知道明天会有演出的。虽然对"小妹妹"这个叫法觉得好笑,但也真的好奇为什么会有妈妈级的听众。阿姨说,听广播里讲的呀,那个什么另一边的,广播里听到觉得很好听的。

演出开始前，叶子带了一个朋友来后台，一个戴着眼镜高高胖胖的男生，抱着一束玫瑰花，表情拘谨。我知道那束花并不是送给我们的，他要在演唱会中途求婚，希望我们演唱他们的定情曲《一生有你》。

我和秦昊都很害怕意料之外的状况，我们以前逛三里屯看到有人在路边求婚都觉得十分尴尬，会在心里默念：快拒绝他！虽然我们有首歌叫《祝天下所有的情侣都是失散多年的兄妹》，但请相信我，我们都是内心纯良之人，绝非恶毒的家伙。

但这次，因为是好友叶子的朋友，同时也信誓旦旦保证他们有打算结婚的共识，只是想多一个特别的仪式。我真的很害怕在众目睽睽之下，逼迫一个女孩子做选择做决定，得知他们情深意浓，成人之美倒也无妨。

演出中途，我突然想起以前看演出时别人讲的一句话：相爱的人在一起，牵起对方的手这件事太难了，这么难就不要轻易松开了。便说了这段话，话音刚落，钢琴声就飘了出来，几个音符之后全场都尖叫起来，大家听出这并非我们歌单里的歌，而是

然 后

《一生有你》。

聚光灯打向要求婚的男生,他的女友紧紧捂住了嘴。我和秦昊还没开始唱第一句歌词,就已经很想哭了。求婚耶,嘴上说着很做作很尴尬,看到这一幕还是浑身起鸡皮疙瘩,泪眼婆娑,同时心头酸楚。

我相信全场的人都在盯着那两个人看,看他们接下来会有怎样的举动。其实你也猜得到吧,一段深情的告白,单膝下跪,送上玫瑰和钻戒,大声地问她,你愿意嫁给我吗?女孩哭到泣不成声,用力点头,抢过麦克风说,我愿意。

好像求婚的过程都一样,脚本也不需要添加别的桥段,已经够杀够催泪。莫不是因为每个人都在感情里被打败过,都渴望这样一个打怪升级的最终结局?

我身边有几个朋友,他们都信誓旦旦地说,我不需要恋爱,我喜欢一个人的生活。可是形单影只的寂寞也是如影随形的,并不是我觉得单身不好,而是,我这样一个害怕孤单的人,真的很羡慕相爱的人走到一起这样的结局。至于那些什么婚姻是爱情的坟墓，狗屁，爱情最伟大，爱就拥抱，喜欢就永远在一起吧。我们都知道，很难，白头偕老的成功率太低了。但在说出我爱你这一刻的时候，纯粹地爱你，纯粹地想要一个那样的结局。

求婚成功了，全场沸腾尖叫。我和秦昊赶紧擦干眼泪，准备下一首歌，作为他求婚成功的礼物送给他，他也并不知情。我们唱的是《祝天下所有的情侣都是失散多年的兄妹》，摇滚版。

听说过一个魔咒，听"好妹妹"演唱会的情侣都会分手，这首歌就是咒语。不知道这个男生大喜之后，听到这个祝福时心情如何，会不会握拳暗骂一句。

希望相爱的人一直在一起，至于"分手魔咒"，我想的是，提供一个借口给大家好了。如果有一天，那个要陪你一起听风一起看海的人终要离开时，不要怪对方，也不要怪自己，想起你们一起去看过"好妹妹"的演唱会，心里会轻松一些。

都怪"好妹妹"，早知道不去看他们演唱会了。

然后

（几年后在北京，有一次我们去看一个爵士乐的演出，叶子又带来了她的朋友，他们婚后很幸福，也没有分开。我和秦昊都长舒了一口气。）

脑海中的一串数字

娇娇提议我们去长隆乐园玩，我兴致很高。游乐园太好玩了，我喜欢在各种季节里去游乐园，吃爆米花棉花糖，光明正大地在过山车上拉手。

长隆的游乐园没去过，之前去看过长隆的大马戏。听说大马戏团的动物，就是白天在隔壁野生动物园里悠哉散步的那些动物。突然觉得这一切很像《白熊咖啡馆》里上班情节的设定，白天动物们在园区里吃吃喝喝，到了傍晚，大家就去隔壁的大马戏团化妆换衣服。嘿，准备上班了。

游乐场里项目很多，但有一个是最刺激的，长隆的过山车有一段接近90度的垂直下落。同行的其他同事都反复摆手确定自己不想玩这个项目，只有我和娇娇两个人不怕死。

之前我们一起玩了好多项目，嗓子喊得生疼。我和娇娇冲到过山车第一排，想看看这个声名在外的项目到底有多恐怖。娇娇问我，这次喊不喊？我心想，这哪里能控制，估计一个转弯自然就会放声尖叫，还得张开双臂呢。

车启动了，缓缓爬坡升至顶端，在大部分的车身都越过最顶端，往下俯瞰时，车突然停住。我看了一眼前面接近于垂直地面的轨道，心里莫名开始害怕，真的有点吓人啊。娇娇和我一样，满脸死样，她不停地说，这个吓人吓人，得喊出来，太吓人了，喊出来才行……

车动了，风一下子灌进耳朵，除了呼啸的风声听不到别的动静。迅速的下坠让人整个身体都蜷缩在一起，我努力地把头靠向椅背，寻求一丝丝安全感。应该只有几秒而已，就开始转弯了，但这个下坠的过程里，我一直对自己说，别闭眼别闭眼，全程都别把眼睛闭上。这一遭到底是怎样，看个究竟吧，以后可别再来了。

然后

　　车停了,我和娇娇互看了一眼,我们真的全程没有发出声音,都是紧闭嘴唇,双手紧握着胸前的安全杠,同样的还有,一脸的眼泪。其他同事一直站在路边看我们,见到我们之后问,为什么你们坐过山车没有尖叫声啊。娇娇摆摆手说,真的喊不出声音。谁愿意一起去坐这个过山车,坐完了就是过命的交情了。

　　回到市区,晚上去星海音乐厅调音彩排,彩排结束后,我跑到门口吹风,和秦昊奚韬。二沙岛的夜晚清清凉凉,吹着南方城市特有的12月暖风。夜已经深了,街边的弹唱歌手和散步的人们都已经散去了,只有珠江的水声和路灯下香樟的树影。

　　一年前,我们刚和奚韬认识,有一次在广州,奚韬带我和秦昊来这里散步。秦昊看到很多人拿着吉他在路边卖唱,很激动,他说他也要来这里支个摊,唱歌赚钱。奚韬随手指了指路边的星海音乐厅,问我们,你俩想没想过以后来这里开演唱会啊?我还记得我和秦昊反应超夸张,觉得别闹了。

　　奚韬说,时间很快啊,一年就过去了,一年,你们也把演唱会开到星海音乐厅了呢。我和秦昊都没说话,也不知道说什么,就都笑了，我们仨就在珠江边吹了很久的风。

一年，时间不是很长，但是我们真的经历了很多事情，真的是一步步在走向更大的舞台。这个过程充满了挑战，也让我们享受了很多乐趣。从来没觉得自己有多努力，一步步做好眼前的事，可能未来就突然给你一个意想不到的结果。

奚韬问我，白天去游乐园好玩吗？

我瘪瘪嘴说，也就那样吧。

我总觉得游乐园是创造爱情的地方，我第一次去北京欢乐谷，是和喜欢的人一起。第一次拉手就是在那里，游乐园正播放梁静茹唱的《小手拉大手》。从游乐园出来之后，我们一起搭公车。我把手揣进衣服口袋里，对方挎着我的胳膊，把手也揣进我的衣服口袋，像白天在游乐园时那样，轻轻握住了我的手。

车上人很多，路上摇摇晃晃的，我俩各拿了一个耳机，听手机里的歌。然后我轻轻捏一下对方的手，对方轻轻回捏我一下。

然后

你一下，我一下，公车开向哪里都不重要。

我脑子里经常会想起一些莫名其妙的东西，这几天是一串莫名其妙的数字，我毫不费力就可以背出来，我想了半天也想不起来是什么。直到在珠江边吹风时，我猛然觉得这串数字很像一个QQ号码，9位的。我拿出手机，打开很久都没有登录的QQ，输入这串数字，跳出来的竟然是你久未登录的灰色头像，和我们相识时你的QQ昵称。

我突然想起了你，好久没有联络的你。我看了一下表，这才想起来，昨天是你的生日。这个以往每一年都对我意味着些什么的日子，我今年忘掉了。

我能记得你的QQ号码，可我却第一次忘记了你的生日。

冬至应该吃饺子

武汉的演出是广州场的隔天，早上赶飞机的时候，真的觉得好困，睁不开眼。到机场时还不到7点，我坐在候机厅里刷微博，看见我妈在发微博，便打了一个电话给她。

老妈很诧异我会这么早打电话，问我累不累。

我故作精神抖擞状，说，杨女士早上好呀。

闲聊了几句，说了点演出的事，我妈提醒我，今天冬至，记得吃饺子。啊，又过节了，一过节就要吃饺子，冬至吃饺子，春节吃饺子，还有一些不知道该吃什么的节日，总能看到微博和朋友圈里有人发："今天过节哦，记得吃饺子！"

还好我喜欢吃饺子，除了饺子，我无法对任何冠以"节日必吃"的食物提起兴趣。南方清明要吃青团，正月十五得吃汤圆，中秋要吃月饼，端午要吃粽子。那些食物我统统不爱，除了水饺。韭菜馅儿尤其爱，配肉或者配鸡蛋都可以。在青岛吃到过鲅鱼馅儿的饺子，第一口咬下去，我放下筷子在桌子边起立鼓掌，大呼过瘾。

但是今天行程密集，到了武汉，设备要迅速搭建，然后调音彩排，晚上直接就演出，我们又严重缺眠，真不知道今天有没有

然后

时间去吃水饺。

刚出武汉机场就碰到武汉歌迷来接机。大家给我们送了礼物，秦昊的礼物是吃的，我的礼物是大冰的书，讲述他做流浪歌手的故事。我在去酒店的路上和秦昊说，这两种礼物对我都不友好，秦昊一头雾水地问我何解。我告诉他，送他吃的没有送我，意思是秦昊哥哥太瘦了多吃点注意身体，小厚看起来很壮实，少吃点吧。送我书的意思是，让我多读点书。秦昊在车上乐得咯咯笑。

调音是个非常枯燥又漫长的过程。武汉的琴台音乐厅有一个很高很高的穹顶，装修得金碧辉煌。站在里面，我和秦昊都觉得我们应该穿上西装，还得打好领带，不对，得是领结。而且，我们演出的时候要是一不留神又开始开黄腔，那违和感就更强了。

台上的音响一直出问题，内场的参数也很混乱，我们都在努力去调试，直至演出即将开始。演出是7点半开始，我7点20分才换好衣服。时间太短了，化妆师准备帮我抓下头发，先往我头上抹了一堆啫喱发胶，刚抓了几下，导演就过来催场了。工作人员在旁边看着我那狼狈得像尖叫鸡一样的头发说，挺好的，就这样吧，开始吧。所有人都笑了。

这一场演出真是匆促狼狈。演出的时候，我和秦昊又一次从人群中走了下来。这样的开场设计是最早我们在家里讨论开场曲时商定的，觉得还是挺有效果的。这次的巡演开场曲叫《无字静心曲》，是秦昊一直没有发表的一段旋律创作。

我们开始唱第一句，台上看不到我们。于是大家都盯着舞台，用目光搜寻人究竟在哪里。我们从观众入场的两个入口，一起开始往场内走。这时候，后面的观众才发现我，大家听到喧闹声，开始回头看。我每走一段路，都会偷偷用没有拿麦的那只手和通道旁的观众击掌。我一直觉得我们就是两个普通的青年，一直在人群中唱歌。一步步从大家的身边走向舞台，更像一个仪式。

演出结束了，我们从后台准备回酒店，看到很多人围在车旁，大家尖叫着，喊我们的名字。我那时候觉得这一切很不真实，大家在这个冬天给予我们的鼓励和支持真的很温暖。上车后，我在车窗上哈了哈气，用手画了一个爱心。有几个姑娘看到了，她们纷纷拿出手机要拍。除了想说谢谢，那个心也提醒大家

然后

要记得修图，不用把我修得太瘦。

对了，下午在彩排间隙中，工作人员拿了一个饭盒给我，对我说，今天是冬至，要记得吃水饺哦，不知道你喜欢什么口味的，买了白菜猪肉馅儿的。一整天都没有吃饭的我，打开饭盒，看着已经成了面疙瘩的水饺，毫不犹豫地扯出一颗已经破掉的水饺，大口吃下去。

掏出手机给妈妈发了个消息，吃到水饺咯。

你好，妹妹　64 — 65

然 后

你好·妹妹   66
—
67

然 后

大明湖畔的"好妹妹"

我第一次去济南时应该是 5 岁那年,爸爸妈妈工作的学校租了一辆大巴,从江苏开车到北京旅游,途经济南,去了一次趵突泉公园。我只记得我去过那里,然后脑海中完全没有任何关于济南的其他印象了。

印象中济南是三面环山的,好像是小学课本里讲的。当飞机降落在机场的时候,我还挺兴奋的,不停和秦昊说,我很小的时候来过这儿,这里三面环山哟。秦昊一脸木讷,说,哦。

我俩拿好行李和吉他,打车前往市区。这是巡演的第 19 站了。我掰着手指头数的,第 19 站。

这一站演出的地方叫盒子酒吧,老板叫武哥,我和秦昊安顿好便去了酒吧找武哥。巡演路上为了省钱,我们住的都是特别便宜的小旅馆。武哥打了个电话,说派人开车来接我们,我和秦昊站在路边看到一辆豪车时,整个人都惊呆了。可以想象,巡演一

然 后

路都是买通宵硬座火车票的消费水平,突然看到豪车时的那种强烈冲突感。我当时心想,这一会见面了,岂不得是一身黑西装的大老板范儿啊,肯定是音乐情怀爆棚了,顺带着打理一个音乐酒吧而已。

见到武哥的时候,武哥一身青衫大褂,和我俩一样,在夏天穿着拖鞋随意得很,就是一个憨厚的中年大叔,看不出身家地位,脸上堆着笑,让人一下子就觉得亲切。武哥正拎着几兜子馒头,说,走,我带你俩喂鱼去。

秦昊拉着我问,这么多馒头,是喂鱼的吗,吃到啥时候啊?我说我也不知道啊,先看看吧。说完,拿起一个馒头掰了一半,咬了一口。秦昊接过另一半,也吃了起来。武哥在前面走,也不知道他瞅没瞅见。然后我们仨就在趵突泉公园里喂起了鱼,公园里的锦鲤都很肥,看起来很好吃的样子。把一整块馒头掰成几块,扔到湖里,就一群鱼围上来,场面煞是壮观。秦昊一边很担心自己离岸太近掉下去,一边疯狂地喂鱼,尖叫连连,武哥看着也直乐呵。

第二天演出,来了100人左右。巡演都过半了,我和秦昊也算是轻车熟路，当然吉他弹得不好，我唱得也很一般，但是大家好像都很给面子，合唱的时候合唱，每一段无聊又精彩的聊天，也都配合着哈哈大笑。演出结束后，武哥拿着盒子酒吧特别出名的蒸花蛤和花生给我俩吃，还有一堆烧烤和数不清的啤酒。

武哥说，你俩挺逗的，好好唱，喜欢就继续玩下去。然后，把演出的门票钱一共5700块全给了我。我说武哥，还没算场地分成呢。他说，不要了，给你们小哥俩当路费了。我先是坚持不同意，觉得演出归演出，交情归交情，秦昊也愣在一旁不知道该怎么办。武哥握着我的手的时候，我突然意识到，这不是武哥看不上分成那几千块钱，是我和秦昊被当成了武哥真正的小兄弟。我也不清楚一个音乐酒吧的收入是多少，我明白，武哥会觉得这些钱对于我和秦昊而言，更需要。我把钱揣兜里，说，谢谢武哥。继续喝了一夜的酒。

时隔一年又去了一次济南，武哥还是带着我们吃喝玩乐，那次来看我们的人特别多，挤得酒吧里都站不下人。好多朋友找我们签名合影什么的，我也挺美滋滋的。秦昊兴致勃勃地要认武哥做干爹，后来武哥的爱人还专门出来和我们见面，给了秦昊一块玉，算是正式收他做干儿子。我挺惊讶的，但也觉得是件好

然 后

你好，妹妹

然 后

事，不停拉着武哥喊哥，让秦昊喊爹。那次见面，人也多，时间也少，不知道在武哥眼里，我变了没有，在他心里和我们生分了没有。

人生旅途漫长，会遇到很多人，有些人偶有交集后成为整日厮混在一起的密友，而更多的则是萍水相逢，不确定是否还有下一次见面。我很感谢自己这个记忆力充沛的大脑，可以记得那些遇到过的人，记得别人对我释出的善意。

在写这篇文章的时候，我给武哥发了一条短信息，说，心里一直感激武哥以往的照顾，虽然事情多联络较少，但希望武哥一切都好，抽空再去济南相会。

武哥回了：好的，恭候，多谢。

关于郑州……

从长沙演出完毕,我和秦昊火速结束了签售,因为要赶晚上12点的火车,从长沙到郑州,大概有9个小时。在火车站门口纪念性地拍完照片,我俩捏着手里的硬座车票,满脸愁容地检票进站了。

一上车,硬座车厢里扑面而来的是人的味道。后来在朋友圈看到一个形容,说在北京上了出租车,那味道,跟钻了一个陌生男人被窝一样。那么当时我俩上了火车的感觉,就像钻了一个大通铺一样吧。车厢里有熟睡的小孩,无聊的年轻人拿着手机看电视剧。因为太累了,我放好行李,和秦昊说,我去找找列车员看能不能补到卧铺票吧。

硬座车厢一共也就两三节的样子,夜深了,很多人都找到一个尽可能舒服的地方睡着了。也有我这样的,两只眼睛里都写满精力两个字,守在列车员的小门口,等着排两张卧铺票。有个小伙子,站我旁边说,你长沙站上来的啊?我说,嗯。他说,那你

然后

估计今晚排不到了，我都等了两个多小时了，也不见有卧铺下车的。我伸了伸脖子，看见有个小本子，里面是在排卧铺的人名。果然没戏了，我巨失望，溜达回座位，对着满脸期待的秦昊说，算了，咱们就将就一夜吧。

火车咣叽咣叽地发出很有节奏的声音，车厢连接处，可能有零件磨损，会固定频率发出一声弱弱的哼哼声，乍听之下还以为是谁不舒服，在偷偷哼唧。这些恼人的声音，吵得我和秦昊根本睡不着。我的座位靠近列车员休息室，夜深了，也没什么人走动，头靠着椅背看着车厢门口发呆，然后看到了列车长站在不远处。

我站起来，走到列车长身旁，想问问还能不能补卧铺。列车长看了我一眼，然后就询问列车员姑娘车厢里的情况。当时身边也没有别人，我就跟个猴一样，眼巴巴站在旁边，准备等他们聊完工作插嘴问一句。列车长问，卧铺还有吗？列车员说，现在没有，等到有估计也天亮了。列车长又问，休息间铺还有吗？姑娘说还有四五个。这时，列车长转头看我问道，两人？我仿佛看到了曙光，说，是两个人。行李多吗？不是很多，有把琴还有手鼓。列车长对那姑娘说，小李，给这小伙子补两张卧铺。你拿着行李叫上人，跟我走吧，声儿小点。

我被这突如其来的幸福弄得很是兴奋，淡定地走回座位，和秦昊说，拿上行李，跟我走，补到票了。那一刻秦昊的眼睛里写满了崇拜。我俩跟着列车长，一声不吭，拿着行李箱和乐器，从硬座车厢穿过一个又一个的卧铺车厢，看着列车长大叔打开一道又一道上锁的门，直到把我俩送到列车员休息的那半节车厢。送到后，列车长大叔问，演出演完了？我说，啊。演得咋样啊？我说，啊，还行。那你们休息吧。好的，谢谢。大叔走了，我俩傻了。

这是歌迷？也可能是一个在半夜对两个背着乐器的小伙子心生怜悯的陌生人吧，但是不管他是谁，我和秦昊都在这个疲惫的夜晚感到极其温暖。躺下来后，秦昊说，你认识啊？我压低声音说，不认识，但可能他听过你的歌。

到达郑州的时候，沈毅和田淼开车来车站接我俩。沈毅是特别纯正的郑州汉子，是郑州最大最专业的音乐现场 7'Live House 的老板，田淼姑娘则是负责人。场地方来接站，在我和秦昊眼里，简直是太感人了。因为巡演每次到火车站都打不到出租车，

然后

拿着一堆东西,还扛着乐器,显得特别落魄。

第一次见面,总是有些生疏和紧张,好在我和秦昊都是怕冷场的人,会很热络地主动聊天。当时不知道沈毅是啥性格,总觉得,小小的个子,人看着很靠谱值得信任,但是有很多意想不到的笑话和点子的感觉。

秦昊一般的聊天开场白是,你是哪年的啊?哦?看不出来啊?我还以为你是几几年的呢!这个套路其实很安全,表达完疑问后,对面相显小的人,可以尽情夸赞,哎呦你皮肤怎么那么好啊。对于面相显老的,则可以调侃玩笑。怎么说都可以迅速拉近彼此距离。

上车没多会,沈毅说,带你们吃烩面吧,有一家店叫"76人",1976年出生的人去吃的话,可以打折的。秦昊说,那你不会正好就是1976年出生的吧?沈毅笑得很邪魅,说,你猜呢。烩面好吃,呼噜噜吃完了饭。我管田森叫田螺姑娘,问票卖得好不好,她说,还不错,快300张了。我说,那踏实了!郑州的演出和其他站一样,活泼生动,感人又动听。

演出完,我和沈毅边喝着啤酒,边拿着计算器算账。沈毅按着计算器感叹道:"这几年是比以前演出市场好多了,观众也愿意买票,行业里也有规矩了。20世纪90年代的时候,有一个摇滚大咖,被邀请去东北演出。演出结束后,那个老板带着一帮小弟请这大咖喝酒吃饭,饭桌上掏出了回去的火车卧铺票。意思是,这演也演完了,可以好吃好喝招待着,演出费什么的识相的人就别惦记了。那个大咖也没多说什么,接过票,鸟悄儿地回了北京。"我听得入神,觉得太不可思议了,但又那么刺激。沈毅看我听故事听进去了,正好点完了手里的钞票,拍了拍桌子,说,你明白我刚才那个故事什么意思了吗?说完,我俩瞅着对方笑得丧心病狂。

秦昊那段时间特别喜欢喝酒,于是乎,在上台一首歌后,他就说,我好想喝酒呀!吧台的哥们可以给我来一杯长岛冰茶吗?酒帮我double!两杯下肚后,秦昊已经呈现迷离的状态了,开始发浪。先是站起来用嘴蹭着麦克风说,我,今天,好高兴啊。说一句,踉跄一下,整个麦克风就被他开心的嘴唇舔来舔去,也没一句话说完整。我问他,还行吗?还有七八首歌没唱呢。秦昊笑眼迷离地说,我没醉。一听这话,我生怕他再语出惊人说点啥不该说的,便直接把他拖下舞台,交给了经纪人。后台传来秦昊的

然后

叫声,啊,我好傻X啊,我怎么演出一半就喝醉了!台下哄笑一片。

我一直很庆幸,"好妹妹"的听众都是很宽容的,但我俩都很清楚地意识到,这是一件特别特别不专业的事情,事已至此,只能想办法挽救了。于是我回到台上说,抱歉了,最后几首歌没法唱了,大家凭着今天演出的票根,过段日子我们专门回来重新免费演一场。人散了,沈毅一直安慰我们说,没事的,啥时候回来随时跟我说就行,地方随便用。秦昊则开心地抱着刘子芙,一口咬在了他的肩膀上。

离开郑州时,我们也是坐火车,但这次没有买硬座车票,买了动车车票。火车整洁又宽敞,和来时的心情相差很远。铁轨是两条平行的轨道,从固定的地点通向远方。我们都看着车窗外面,安静地感受着被铁路慢慢拉长的疲惫。秦昊突然咕哝了一句,得戒酒了。

你好，妹妹

然 后

你好，妹妹

然 后

孤独的周末没人陪，只好在家听"你妹"

"孤独的周末没人陪，只好在家听你妹。"这是一个暗号，相信很多听过我们电台节目的听众朋友们都知道，后两句是，"流下两行辛酸泪，擦掉一切陪你睡。"

这个顺口溜，又土又酷，还很押韵。但是我们都没想到的是，这个口号其实已经传播得很广泛了。你说了第一句，会有人自动去对第二句，这一切都源自我们的电台——《你妹电台》。

我上大学时就很喜欢听广播，江浙沪的同学们估计都差不多，大学寝室熄灯之后，一定会打开收音机，准点收听万峰老师的《伊甸园信箱》，估计东北地区的同学们收听的是《叶文有话说》。

后来有一天在广州，我和秦昊在经纪人家里，决定自己做一个电台节目，把平时聊天的内容录下来分享给大家，也可以专门找一些话题在节目中讨论，变成一个专属于"好妹妹"的电台空

然后

间。于是,第一期节目就在2013年3月8日播出了,从那一天开始,越来越多的朋友通过这个节目认识了我们。

最早,我和秦昊是拿着录音笔随便找一个地方录音,反正就是两个人聊天嘛,轻松自在就好。所以,我们窝在沙发里录音,有零食有咖啡。我们也曾在火锅店录音,一边涮着毛肚,一边喝着啤酒,录得太久了,秦昊跑了六七趟厕所。后来最多的还是在我们的办公室里录音,但是每次都会折腾好久,不是声卡坏了,就是麦克风有问题。前几天,我和秦昊在研究录音软件时感叹了一句,都5年了,我们还在折腾这些破玩意,每次都没弄明白,真是一点长进都没有啊。

录《你妹电台》,大多数时候,都是我们两个人瞎聊天,聊天气聊旅行,说得最多的还是吃。光是聊面条,就可以说上一整期。南京皮肚面、重庆小面、兰州牛肉面、河南烩面、广东竹升面、北京炸酱面……我爱吃面,秦昊啥都爱吃,又这个不吃那个不吃。聊到我们去了哪些地方,说得最多的就是在当地吃了些什么,哪些令人印象深刻……一度怀疑这个节目变成了美食类行脚节目。

也曾试图很正经地聊一些情感类话题，或者大学生就业的话题；也聊过春节回家过年碰到七大姑八大姨催问婚配追问薪水时的应对方法；最有趣的就是什么主题也没有，直接把电台当成KTV包间，我们欢唱一小时，自备酒水。把我们在KTV里玩闹的场景直接搬到电台里，这也是点击率最高的一期，看来大家真的都很喜欢去KTV。

我和秦昊除了在电台里东拉西扯，也因为录节目认识了很多好朋友。在某种程度上，我觉得这个节目有魅力的地方，就是形形色色的嘉宾。很多人是来宣传作品，也有些人就是纯粹来聊聊天。来的嘉宾，大多数本就和我们是好朋友，也有些嘉宾，本不相熟，后来变成了朋友。

电台的第一个嘉宾是阿肆，喜欢在人民广场吃炸鸡的上海少女。我认识阿肆的时候我们都还没有出道，她在上海，我在无锡。有一年圣诞节，上海的MAO有个拼场演出，我跑过去看，阿肆除了表演还在台上做客串主持人。我当时对她只有两个印象，一是歌真好听，二是她主持得实在太烂了。

阿肆后来签了摩登天空，发了第一张唱片《预谋邂逅》。于是我们就约阿肆来电台里聊聊，具体聊了啥其实我记不清了，或许是因为太久远，也可能是因为我们太熟，聊的那些事情并没有什么特别新鲜的，无非是介绍一下专辑，讲讲来北京生活的感受。毕竟是同时期出道，大家的心路历程都差不多。我印象最深的，反而是阿肆那张唱片的封面，据说实体专辑是"新裤子"的庞宽设计的。当时我们住在北京火车站对面的一个四合院里，院子里有好多只流浪猫，收到唱片那天，朋友从美国寄了《神偷奶爸》的小黄人玩偶给我。我拿着玩偶和阿肆的唱片，站在院子里，印象中那天北京的天空特别蓝。

《你妹电台》还是一个作家汇聚的地方。刘同来录节目时，每次我们都喝酒，一边录节目一边吃火锅的也是他。丁丁张总是在电台里打趣秦昊，说秦昊穿着像一个香港中环的上班族。大冰来的时候，我们聊了很多关于流浪的话题，还有大冰小屋里朋友们的故事。

小北和极光光，我们一起录过一期，主题叫"不红让人受尽委屈"，讲述我们因为不红曾经受过的委屈。光光说，他曾被时尚杂志约去拍专题，谁知到了现场才发现是搭配一个导演拍摄，那个导演还是通过光光约到的。编辑说预算有限没有给光光准备衣服，气不过的光光跑到 IT 买了一件华服，拍摄完了，又让经纪人拿着小票去退钱。小北则是在签售的时候，被一个奇怪的人要求在书上写上："蓝天那么蓝，白云那么白，好运也会随风而来。"

我和秦昊的遭遇更精彩，2014 年巡回演唱会去重庆宣传，被主办方公司负责接待的女员工在车上冷言嘲讽，秦昊在车里一脸无措，我立刻打电话给经纪人，让那个女人在我们接下来的工作中消失。那些故事真是越说越精彩，最后 4 个人在节目尾声时一起写下"我要红！！！"的誓言。

通过录电台，我们也和一些本不是特别熟悉的人成了朋友。和姜思达一起喝酒聊《奇葩说》，秦昊和我还试图和姜思达就着一个无聊的事情开始辩论，最后纷纷败下阵来。徐海乔来上节目，他告诉我们，他拍戏间隙特别喜欢听我们节目，每一期都听，最想上的一个通告就是《你妹电台》。阿牛和我们一起在法国旅行过，因为我们都参与了音乐人葡萄酒计划，所以在节目里聊了音乐聊了美酒，阿牛还讲了他在北欧旅行时滑雪的趣事，以及夜晚的极光是多么美。当阿牛说他有一个 15 岁的女儿时，我和秦昊都吓呆了，这个唱《爱我久久》的少年已经陪伴我们那么

然后

久了吗？！我们约好了下次去吉隆坡一起骑单车。

录电台发生过很多有趣的事情，现在写这篇文章，那些魔性的欢笑声一直都在我脑海中。此外，《你妹电台》还有一些不为人知（众人皆知）的情况：

1. 电台有很多不合时宜的玩笑，但都播出了，是因为懒得去剪辑。
2. 电台每次中间播歌都是因为秦昊想尿尿。
3. 我刚开始录电台的时候，会写节目流程，紧张的时候就打嗝。
4. 电台有一期节目评论量破了10万，是因为放话破10万就录下期。
5. 从2018年开始，每周二晚上8点都会更新！感天动地！

其实录《你妹电台》在某一段时间曾经是负担，总觉得工作已经很忙碌了，还要抽时间去录节目，好累，所以更新特别慢。有一度我们在各种颁奖礼遇到记者提问环节时，记者朋友们并不问我们拿到这个"最受欢迎组合"有什么感受，却很多次都在问："请问，《你妹电台》什么时候更新啊？"我不知道有多少人喜欢这个节目，但我慢慢意识到，这个节目对很多人来说，是一个轻松和有趣的存在。

很多时候，我会在节目的评论区看大家的留言。有些人在上学的公交车上听，有些人在下班的地铁里听，有些人在准备考研的自习教室里听，有些人在一个人有点孤独的被窝里听……大家都说，会忍不住笑出声来。或许我们的节目内容没有很精彩，但也不知不觉地陪伴了很多人。如果我们还能继续自在如风地面对之后的每一天，这个节目就会一直在吧。在沮丧和失去希望的时候，听听自己的节目，我也会被鼓舞一下吧。

最后，如果孤独的周末没人陪，不如打开这个电台节目吧。

然 后

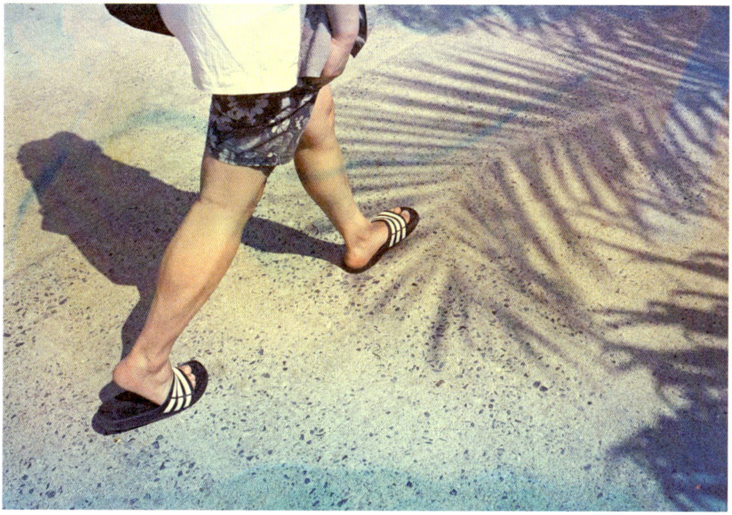

然后

勿忘初心

经常会看到一些歌迷朋友留言说，你们变了。

这样的留言，往往看起来有点刺眼，好像对方对我们的期待又一次落空，是充满失落的，好像属于彼此之间的美好时刻真的一去不复返，再也没有了。

有时候看到一些评论说要粉转黑啊什么的，会忍不住回嘴：不要给自己加戏了，你转成陀螺也没有人在乎。有时候看到"难道只有我一个人觉得……吗"之类的评论时，经常忍不住地想回复对方：对，只有你。冷静下来之后想，人一直是会变的，音乐只是记录生命的一种方式而已，哪有什么是不变的呢？体重的数值会越来越大，发际线会越来越高，年轻时发誓要一辈子在一起的爱人也不在身边了，好像一切都无法阻拦，无法永远不变。

做音乐对我们而言意味着什么？网友可以用一些简单的词

语去贴标签。这些标签，是很主观的事情，它与我们既是有关联的，但也好像没有关系。很多人都会在"好妹妹"新歌链接下留言：说好的民谣呢？常常，我会盯着屏幕，嘟囔着：我们什么时候有过"说好的"这样的约定啊？

民谣，是"好妹妹"身上特别大的一个标签。发完第一张专辑后，很多选秀节目邀约我们，我和秦昊就是害怕被标签化，也知道自己的实力而不敢去参加。但是民谣这个标签，确实是实打实和我们自己有关系的。我和秦昊都非常喜欢民谣，喜欢很多民谣音乐人的作品。因为穷，第一张专辑配器基本上是吉他弹唱，所以大家对我们有了民谣音乐人的初步印象。但"民歌"这个标签，似乎更符合实际情况。我们写的那些芭拉情歌，大多数都有中国台湾民歌的影子。如果你现在问我，"好妹妹"是做什么风格的音乐的，我或许还是说不出来，可能最后只能回一个：做自己喜欢的音乐吧。放心，新专辑里一定会有民谣的成分，因为自己喜欢。如果还有别的音乐风格，也是因为喜欢，想要尝试。

大家都很喜欢音乐，然而做音乐真的没有想得那么容易，这是一个有着极高工业标准的行业。声音的频率、声音的均衡，看起来都是一些冷冰冰的数值，但恰恰是这些充满理性的排列组

然 后

合，打动我们，陪伴我们。所以，面对音乐，特别是制作音乐之前，往往要有理性的克制，同时保持很感性、很软弱的情绪。

我可以和大家聊聊我们做音乐时的一些心态和挣扎的心理过程。

首先，最重要的一点，就是要"正确面对自己"。六个字看起来简单，其实很残酷。面对自己，首先要放下那些不好意思。我并不擅长写歌，唱得也一般，我一直都知道。以往的专辑里，很多时候进录音棚是一种折磨，必须要完成一些自己做不到的事情。但人是可以进步的，学习视唱练耳，一遍遍练习声带的控制力，等等。还有一个笨笨的办法，如果这首歌唱不好，那你唱500遍甚至更多，就一定会比之前好非常多（亲测有效）。面对自己的不足，也要面对自己的优点，这样才知道什么时候应该果断，哪种情况下要引领团队。我和秦昊都算可以正确面对自己的，所以，在做音乐的过程中，配合默契，你做设计师我做经纪人，你做助理我做化妆师，我吃肉你吃糙米糊。也是因为正确面对自己，才懂得保持谦逊，偶尔傲娇。对我而言，所谓正确面对，就是觉得自己好厉害，和秦昊这种人肉唱片机器组一个唱歌组合，还没有崩溃掉。歌手这个身份，我正在努力做好。

做音乐也要保持特性，提升专业。

特性是什么？任何一个产品都是有自己的核心竞争力的。秦昊经常说自己的核心竞争力是美，我一直以为他是开玩笑的，但是这个事他说了这么多年，我才知道，他是认真的。所以歌迷说他黑了，他会疯狂买保养品做美白，身边的人说他哪件衣服丑，慢慢也就不穿了。但是谁要是说这首歌不好听，他会翻白眼。好妹妹的特性特别综合，特别复杂，因为我们两个都是有趣的人。综合起来，让人觉得很真实。无论是创作歌曲，还是销售歌曲，我们都表现得很真实。哪怕让人觉得做作，但只要稍微了解我们的人，都可能会心一笑：这两个做作鬼要开始玩煽情了。好妹妹的歌一直想传递的，就是真实的陪伴感。从来都不想用音乐来传递太过强大的能量，我不喜欢批判，不喜欢举旗帜，不喜欢让人觉得我和你有什么不同，因为你我都是一样平凡又普通的人。所以，我们音乐上的特性，也会保持和人更多的一致性。

专业上的提升，很复杂，很难解释清楚。如果大家有兴趣，我们或许会把第六张专辑制作的过程分享给大家，用直播或者纪录片的方式。这样，或许更直接，更接近真相。简单地说，听感上的提升，就是，听起来贵了。但绝非仅此而已，这里就不多

然后

说了。

这些年因为音乐,结识了很多美好的人,有了很多美好的经历,在台上可以唱一些平时不好意思说出口的话,而台下的人,都听懂了你说的。

我喜欢去看演唱会,特别是做了歌手之后。去看自己喜欢的音乐人的表演,很有趣很感动。前两天杭州的演唱会上,我唱了《你是如此难以忘记》,想弥补自己看不了"野蛮生长"南京场的遗憾。前段时间,苏打绿休团之前巡回演出,我运气很好,拜托一位朋友抢到了票。

这次巡演,每一场唱一张专辑,相当于每一场的演出内容都完全不同,我听到青峰唱《无言歌》时,最后哽咽了。当时我眼泪就流了下来,那一刻我真切感受到了台上几位的心情,不要荧光棒,不要拍照,而是用音乐,用每一张专辑,亲自表演给支持者们,用这样的方式用力告别。我们一起来唱那些歌吧,那些歌让我们相识,让我们一起经历欢笑与泪水,时间已经过去了那么久,我们都已经变了,可是歌还在,你们在唱,我们在听。这样的告别太催泪,太温暖。那一刻,真的,真的只想哭,然后感叹，自己喜欢的那些温暖又可爱的人，真的是这样好。

宇宙是很大的，人与人的相识充满了奇妙的缘分。或许因为我们都是温暖的人，才会遇见吧。面对很多喜欢我的人，我当然也能体会种种感受。不管是在音乐节还是演唱会上，我们都在努力做得更好一些。还有很多不足，但大家都包容着陪我们走过了很多自己不敢走的路。

未来会更好的，你也会更好的，我也会。

2016.11.17

然 后

你好，妹妹

然 后

你好，妹妹　　102
--
103

然后

你没有如期归来,这正是离别的意义

1月份的北京好冷,一直都不下雪。朋友圈里看到上海在下雪,后来看到昆明也开始下了,北京则依然一幅岁月静好的样子。临时买了机票去南方看雪,顺便去看一个演出。我们在全网发了新歌《如期》,睡醒后便开始单曲循环。听多了,很多微小的音乐细节被耳朵注意到,也想起这次合作中的有趣小事,越发喜欢这次的新歌,也想顺便分享给大家。

这首歌和以往的单曲或者专辑内的歌曲都不太一样,是我们第一次尝试和我们不熟悉的词作人合作。最早,姚谦老师提出要做这样一首歌,让秦昊先写了一个曲,然后接受大家的词作投稿。最后我们在近千首投稿里,选出了一个名叫"蔫小坏"的女孩的作品。

开始看到的投稿,这篇歌词就叫做《离别的意义》。"你没有如期归来,这正是离别的意义",这两句来自北岛先生的《白日梦》。词作者蔫小坏开始还起了一个名字,叫《等等等等》,我们

然　后

讨论后，决定将歌名定为《如期》，离别的意义是没有如期归来，而若能如期而至，则是离别之后的美好愿景。

蔫小坏的词作，主歌 A 段文笔极美，我和秦昊都非常喜欢，特别是开头第一句，"弯弯曲曲巷弄里馄饨冒着热气"，画面感极强，而"针脚密密将思念纳进了鞋底"，又给整首歌的主题做了升华。我没有很直白地去问词作者，整首歌写的是什么，但是看完主歌部分的歌词之后，心中已了然。或许，缥缈朦胧的写法也是因为作者受到了北岛先生风格的影响。

B 段是四句"等"，"杨柳依依到夏雨涟漪，再等秋风再起到雪掩叹息"，在进入副歌之前，有这四句的"等"，让整首歌曲更具意境。春秋四季，离别的愁绪就在时光中被消磨，被岁月剥蚀。

副歌部分，本来蔫小坏写的是"海那边有一座船，停泊在离人梦境里"，因为姑娘的文笔太好了，一直都用短短几个字给我们很美的感受，我和秦昊便觉得，"海那边有一座船"，这一句略显白话。离人梦境的这艘船，或许有很多过往，因为太久了，不知道有谁还记得，不知谁还会盼着汽笛声响起。于是蔫小坏改成了"浮沉着悲欢的船，停泊在离人梦境里"。

这首歌的制作人是刘胡轶，编曲是胡洋，相信这个组合大家都很熟悉了。但越是熟悉的合作伙伴，往往会在不自觉中走入思维的安全区。太了解对方的喜好，会失去挑战和突破的空间。于是在开始编曲前，我们结合姚谦老师的建议，进行了很多讨论，最终确定了一个方向。

这次的编曲，和以往"好妹妹"的音乐有一点很不一样的地方，就是打击乐的音色，和整体偏冷的配器音色，再结合人声比较温暖的表达，反而有一种既熟悉又陌生的感觉。主歌的部分，有一个听起来遥远离调的 pad 音，仿佛故意在人声之外抽离出一个思绪，很缥缈虚无。副歌的打击乐的鼓组，是制作人刘胡轶找人专门做的音色，做了很多选择。前几日在为台北的演唱会进行排练，排练后已经晚上 10 点多，之后我们去了录音棚录这首歌的 vocal。我们在录音棚里，针对这首歌的意境，特意用了一种中和的情绪和唱法，口语化的表达，以及尽量减少过于抒情的和过于婉转的唱法，让人声作为主频段，融合于整首歌营造的氛围之中。

然后

我在飞机上写下这些制作过程的时候，耳机里一直放着这首新歌，不知为何，鼻子骤然一酸。离别的意义是什么？绝对不是为了安慰自己，而说成是"没有如期归来"。离别就是充满悲伤情绪的，换个方向去想，用一种似乎轻描淡写的语气唱着这两句，正是为了让自己接受离别。我们离开了家乡，离开了父母，离开了喜欢的人。离别切割了跌跌撞撞的人生，这样一次次接受，我们也就经历了岁月。

如期，更多的意象会让我想到，如期而至。

即使我们不得不接受离别，也希望生命中在乎的那些人，最终，都如期而至。

2018.01.29

你好·妹妹　108
—
109

然 后

追梦人

"和10位女歌手合唱如何?"奚韬开口说出这句话的瞬间,我闭上眼,心中阵阵翻腾,说不清是期待还是害怕。耳朵听到这句话的第一反应,是犹豫复杂的。房间里只有3个人,我和秦昊,还有刚刚故作淡定说出这个计划的奚先生,他在观察我们的反应。

当伙伴挥舞旗帜的时候,我很容易振臂高呼跟着呐喊。这个企划很有趣很喜欢,但是很难实现吧。或许和女歌手合唱这件事本身没有太稀奇的地方,可是当我们开始逐一列举想要合作的女歌手名单时,才意识到这件事情有多疯狂,有多梦幻。

有些歌手早已退出江湖,还有一些不见得会愿意和别人合唱自己的代表作。把经典歌曲改编成男女对唱,第一个困难就是如何设计合适的key,这仅仅是制作上的难点,而前期准备的工作量会更加庞大。

然 后

　　首先，要建立工作团队，负责厘清版权。诸多华语乐坛的经典歌曲版权归属非常复杂，词曲作者的版权代理归属哪家公司需要逐一联络。其次，我们委托台湾的团队负责对接合作的歌手，包括曲目的选择和编曲的确定。这次专辑的制作人是荒井十一，也与许多国外的音乐家合作，希望在编曲上呈现出独特的风格。专辑中收录的10首歌，既传承经典，也表达了当下对这些老歌的时代理解。

　　我和秦昊飞了4次中国台湾，在台北白金录音棚完成了录唱工作，这是我们音乐之路上最美妙的工作旅程。

　　很多时候我都在恍惚。身边坐着你从小喜欢的歌手，她在跟你闲聊，教你说台语，聊八卦，聊自己的小孩在学什么专业，问我和秦昊从哪里来。工作间隙，我们就拿起吉他，唱她们的歌，一般她们都会慢慢跟着唱起来，我们还会唱我们的歌给她们听……这一切都给我很不真实的感觉。

　　有一天夜里，我和奚先生漫步在台北街头，我用谷歌地图帮他导航最近的夜市，他一边奔向目的地一边跟我感叹，这一切真的在发生了。是啊，那个充满忐忑和犹豫的计划，开始一点点画出了自己的模样,过程中充满选择和拒绝,也收获了巨大的感动和纯粹。

奚先生又问:"如果再有翻唱专辑,还要合唱吗?"

我嬉皮笑脸地说:"好啊,如果再有的话。"

2018.07.19

然 后

你好，妹妹　114
--
115

然后

如果这也可以是种生活

姚谦老师新写了一本书,叫做《如果这也是首歌》,在上海做一个分享会,邀请我和秦昊参加。

作为一位音乐界的前辈,姚谦老师一直对我俩关爱有加。对我而言,除了姚老师在音乐界几十年创作的大量优秀作品,我也非常喜欢他的文章,仿佛可以窥探到另一个双子座的灵魂和他充满细腻感知的生活。

几年前去哈尔滨旅行,随身带着姚谦老师的一本随笔,叫做《品味》。在冰天雪地的北方,窝在房间里翻看这本书,给我留下十分难忘的美好体验。

书中讲述年轻的姚谦第一次喝咖啡的回忆,因为咖啡缓解了偏头痛的症状,姚老师就爱上了咖啡。正好自己手边有一杯热咖啡,却想不起来第一次喝咖啡是什么时候,也不知道为什么就慢慢固定了口味和习惯。想想觉得有趣,不自觉就笑了起来。还有一篇讲睡眠，屋子里必须很黑，对窗帘的遮光性要求很高，包括枕头的软硬程度、床品的舒适度、床垫支撑力，等等。或许因为工作环境类似，也常常出差住在酒店，我竟有很多习惯和姚老师相似。越是忙碌，越得在生活细节上对自己好一些。住好些的酒店，自己带上舒服的睡衣，入睡前在枕头上洒一点助眠的精油……突然想到，有些对睡眠要求严苛的人会自带枕头，也是很厉害的。

在上海的这次活动，我们住在新天地附近的一个公寓酒店，旁边就是K11商场，以艺术品和商业结合为人称道。我曾陪经纪人奚先生在香港逛过K11商场，琳琅满目的店铺之间，会有很多雕塑或者画作陈列，也有很多当代艺术展示。还记得有个连廊中间陈列着一团云的切片，每隔几十公分，就有一块亚克力的透明板，里面是一小片云，站在侧端，视线里几十片云朵竟然连成一团，仿佛走廊中飘浮着一团并不流动的云朵。晚餐后，决定去逛下上海的K11。

走进大厅，看到了一片绿色。因为开始热衷养植物，看到艺术商场出现花园，第一反应总是特别惊喜。但走近之后，顿时有点失望。地上做了很多的石阶走廊，各个区块都是微型的植

然后

物花园，头顶的天花板倒吊着很多干花。远远看着，觉得绿意盎然，在初冬的上海显得充满生机。近看却有许多可惜之处，总感觉，很勉强很凑合。植物的株型选得不是很好看，又摆放得零零散散。我的第一直觉就是预算不够，本该是一团团或者片状的花草，最后呈现出来都很零落。为了遮掩花盆，基本都用陶土粒覆盖。但是因为花盆也有高低，就变得有些地方陶土粒堆叠太高，而其他地方又遮掩不够。

第一反应是从欣喜到失落。植物在空间里的展示，在上海这个最前沿的城市之一，开始在商业地产中展现可能性了。艺术的形态，影响着大家的生活。当看到自己喜欢的东西在艺术领域的尝试，总是兴奋和激动的，也越发觉得，大众对艺术领域的第一感知永远是美。审美的建立和延展，都极其重要，这也是自己这一年养花养草慢慢树立的一种植物审美意识。

第二天午餐后，和姚老师在前往活动场地途中闲聊起这个感受。姚老师似乎一直对植物美学空间在国内的发展有所关注，他很意外我对这个领域颇感兴趣，结合艺术的形态和概念，植物一定有很多的空间和可能。

从热爱生活开始,一盆盆的绿植被搬进我家。一抹抹的绿意,也装点了自己的生活。有机会的话,我想再多去国内外的一些植物园,多了解一些植物的品类品种。

就像姚谦老师书中说的那样,生活里的很多事情,最后都可以是首歌。对我来说,养植物,就是我现阶段热爱着的生活。

然 后

你好，妹妹　120
--
121

然后

山谷的家，是他们圈起的一块小地方

在北京，晚上想喝碗豆浆吃根油条是件不那么容易的事，后来三里屯开了一家"桃园眷村"，每天开到凌晨 3 点。晚上饿了，我便会去那儿买一个饭团，一根油条，一碗豆浆，来填饱肚子。第一次走进这家店的时候，就听到了我们的一首歌《晚风》。

《晚风》是 2013 年我们第二张唱片里的歌，跟小娟和山谷里的居民合作的一首歌。

这首歌的合作，算是我和秦昊通过音乐，第一次真正意义上靠近自己喜欢的音乐人。

还在做第一张专辑的时候，我们每天都在听《C 大调的城》，里面很多歌都很好听，我们还会一直讨论《一个人在海边》那首歌里唱的为什么是"一个人在海边 pogo"，翻了歌词才发现是"活过"。做《南北》的时候，选歌选到《晚风》，我们都觉得应该找一个女声来合唱。这时经纪人奚先生突然提议找小娟，我和秦昊都有点忐忑,对方也不认识我们,会答应吗?

那时候小娟和山谷里的居民的经纪人是公路姐姐,没想到他们听了这首歌很喜欢,竟答应了合作。等到正式录制那一天,我和秦昊仿佛去面试一般,紧张又忐忑。

我们当时在五道口的O2录音棚录音,提前预定了蛋糕和鲜花,早早在楼下等他们。小娟和小强第一次见我们便亲切又和煦,一见面就拥抱了我们。晓光老师一脸父亲般的慈祥,后来我才知道,就在前两天晓光的女儿刚刚出生。而荒井,则一如既往地潇洒。我们有点无措,不知道该说些什么,我看了看秦昊,秦昊缩着肩膀,像一只鹌鹑,在不停踱步。看到他们开始从后备箱搬运乐器,我和秦昊赶紧冲上去,帮忙抬东西。

录制的过程非常享受,晓光老师带着父爱脸,录键盘,录口琴。荒井摆弄着各种打击乐,挥舞着头发。强哥则是淡定又儒雅,拨弹着吉他。小娟录唱更如天籁一般。

我和秦昊在沙发上坐着,不敢多说话,就这么看着。觉得这一切都特别美好,耳机里那些声音,就在我们眼前真实发生着。

然 后

和小娟就这么相识了,因为这首歌的缘分。后来我们常常聚在一起,去她家喝茶。当我们走进小娟的家,我和秦昊相视一笑,原来《红布绿花朵》那张专辑的封面,就是小娟家的客厅。小娟家没有很复杂的装修,甚至可以说是没有装修,但是有很多很好看的地毯,布满各种花和植物。阳光最好的地方摆着一个长长的茶几,小娟就坐在客厅里给我们泡茶。我们聊各自的喜好,聊我们在各地遇到的有趣的事情。

小娟很传奇,二十多年前,她打电话到电台,连线去宣传演唱会的崔健。她在电话里说,我要给你做演唱会的嘉宾,崔健说好啊,于是这件事就这么定了。年轻时,小娟和小强相爱,他们是彼此的初恋,一直到今天。他俩在家里养了很多猫,都是流浪猫,书房的窗户上还有一个双向可打开的小入口,就是为了方便流浪猫天冷的时候进屋取暖。小娟和小强在歌里会唱"和一个女孩子结婚吧","你的名字叫娟呐,他的名字叫强"。他们最喜欢看《快乐大本营》,常常两个人在客厅里笑得前仰后合,以至于被邻居投诉他们笑声太响了。

他们出门的时候,一定牵着手,带着我和秦昊,去很多好吃的餐厅吃东西。小娟天天都穿得很漂亮,然后旁边站着小强,我看着他们常常恍神，心里觉得这才是爱情吧。小娟喜欢我和秦昊，说我们是一家人。因为我们是好妹妹，所以她要做三妹，强哥就成了妹夫。山谷的演唱会，我和秦昊去做过两次嘉宾。演出内容不太记得了，但是每次演出完，我都会像第一次见他们时一样，在观众散场后，在台上默默地帮大家一起收拾整理乐器。

晓光开始帮我们制作唱片，《西窗》和《说时依旧》都是晓光来做制作人。后来，他开始做我们的乐队总监，带着我们在全国各地出席音乐节，开演唱会。荒井做了我们2018年最新的唱片，我们第一次登上工人体育场的时候，也是荒井做音乐总监。我和秦昊在不知不觉间和大家一起经历了人生很多精彩的瞬间。

去年，小娟他们在通州开了一个店，叫"山谷的家"，那里很舒服，有满屋子的植物，有一个漂亮的鱼池，可以在里面弹琴唱歌，在茶室里待到半夜。我们坐着随意聊天，小娟开开心心地给我们泡茶，略作神秘地教我们点香，还会突然端进来一盘炒饭，我们几个人就拿着勺子，抢着要吃。小娟跟我说，等春天来的时候，要在茶室前面重新做一个花园，我说我要来帮忙一起建这个花园。山谷里的居民有首歌，叫《我的家》，我想，山谷的家，就是他们歌里唱的地方。

然 后

前几天，我们在小娟的茶室喝茶喝到凌晨 2 点，秦昊突然问我第一次看山谷的演出是什么时候，我说，是 7 年前在南京。那阵子我是个无业青年，在南京无所事事。那晚去一个户外的广场看山谷的专场音乐会，小娟给我们唱完了一首歌之后，恰好有烟花升空，我们所有人都转头看向一边，大家不约而同一起喊出了"哇"。小娟和小强都很开心，于是小娟说，我们一起看烟花吧。然后大家暂停了演出，台上台下的人都被花火映照，忽红忽蓝，绚烂多彩。

那一瞬间，我觉得当时糟糕的生活似乎也没那么灰暗。于是，我便看着小娟，跟着她一起笑了起来，在 2011 年的平安夜。

你好，妹妹

然 后

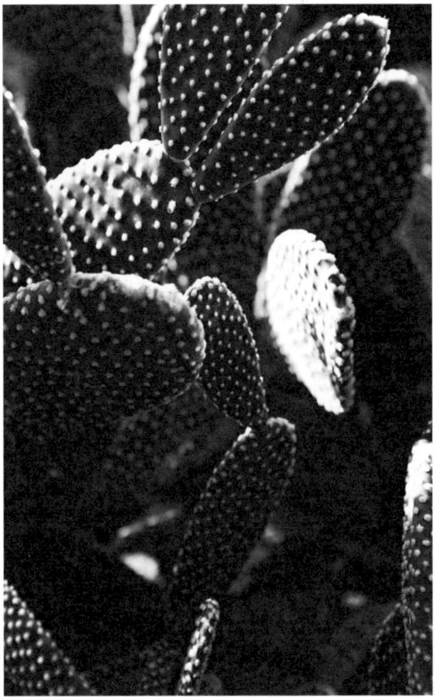

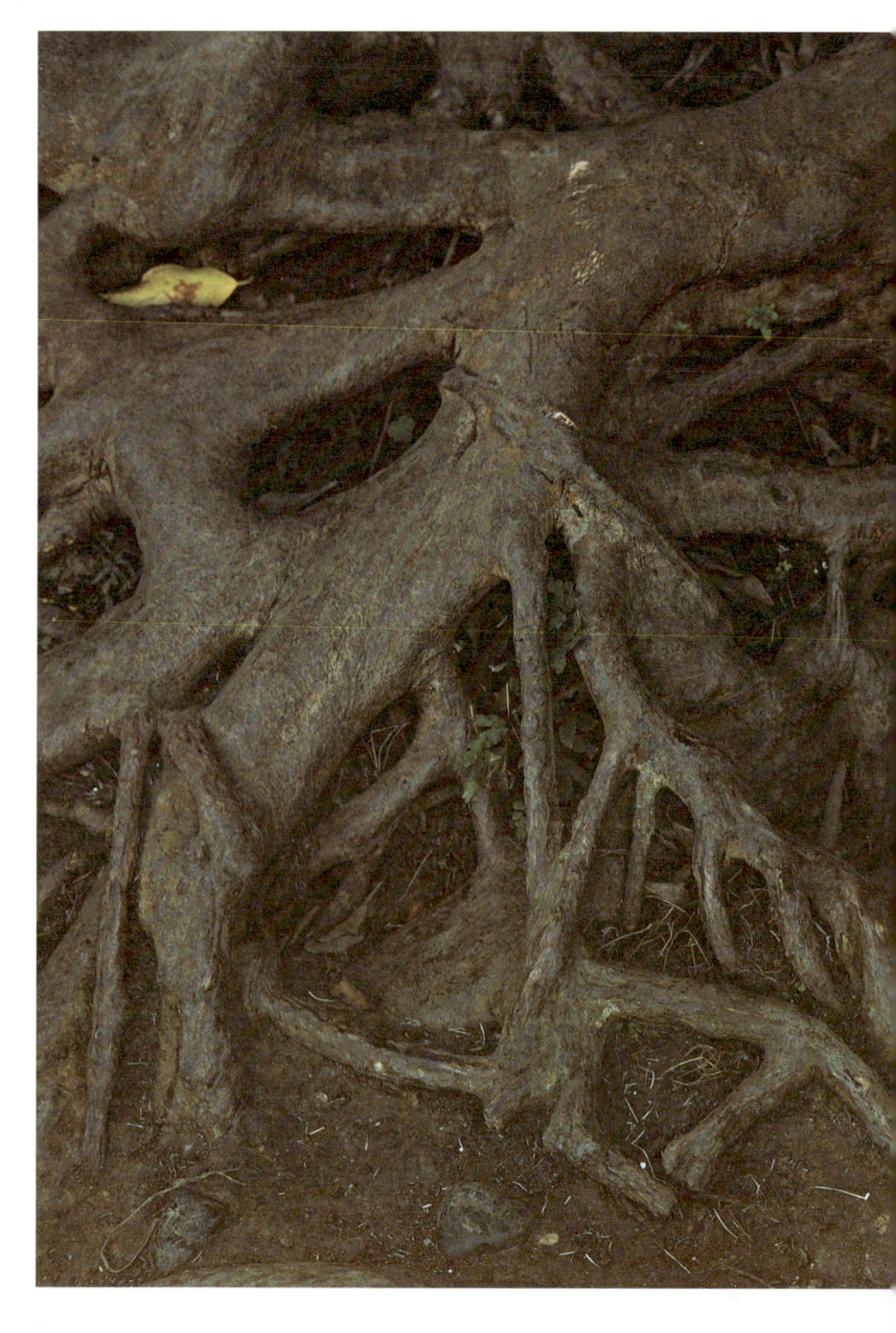

然 后

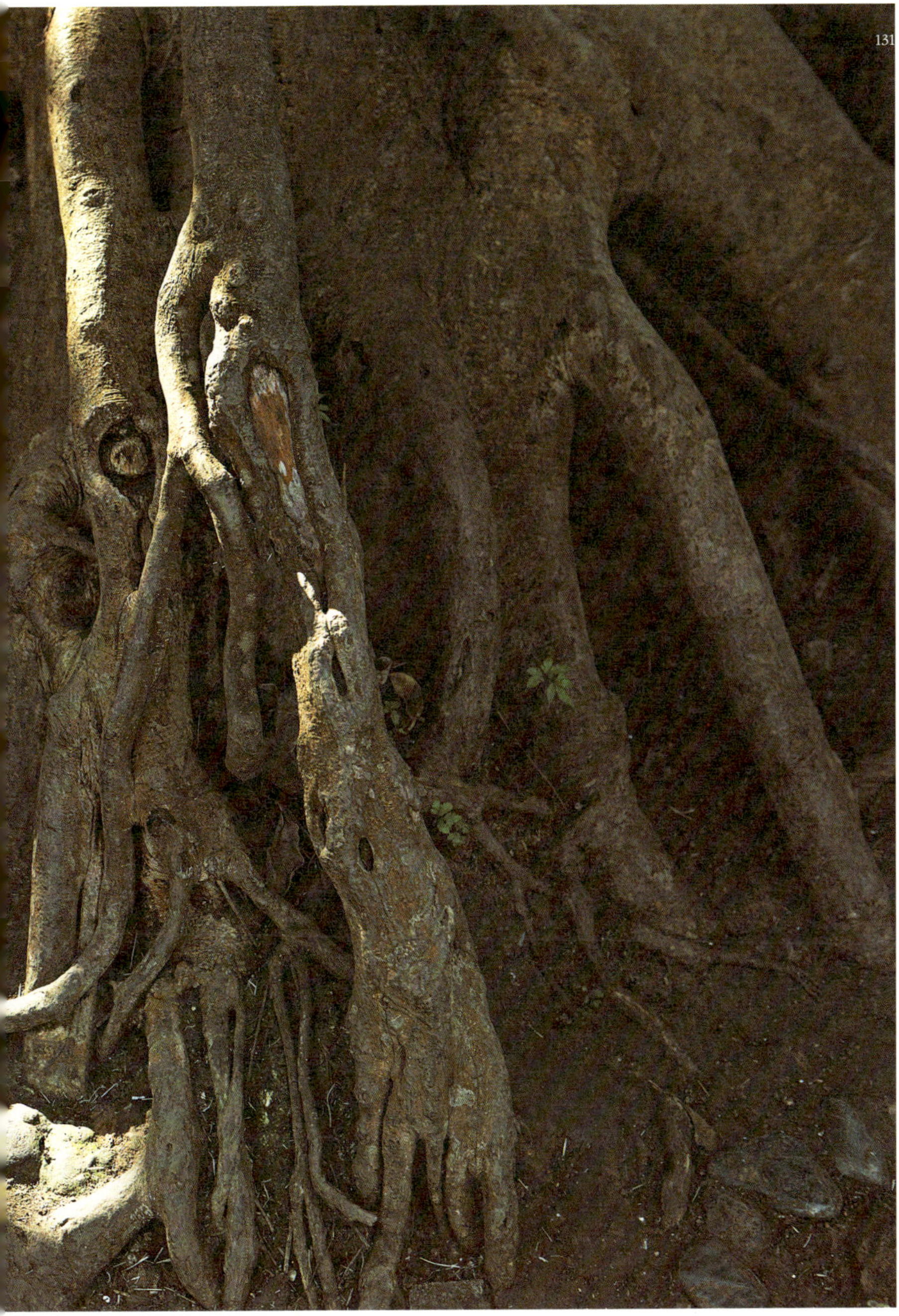

然后

谁的青春不迷茫，其实我们都一样

刘同坐在我家的沙发上，我给他泡了一杯茶，他带着紧张和期待的心情，给我们读电影版《谁的青春不迷茫》的剧本，大概读到高翔起飞那一段时，没错，他又哭了。

我忘记和刘同是怎么认识的，对他的第一印象就是他告诉我们，他有一次和朋友们在船上，播了《一个人的北京》给大家听，然后自己泪流满面。他说，这个歌他完全可以get到。之后应该是工作中碰到了，然后大家就认识了。我对他的最初印象是，爱喝酒爱哭。他对我的最初印象是，胖。

有一天，刘同找我和秦昊，说要拍《谁的青春不迷茫》电影，想找我们做一首主题曲，他来写歌词。然后发过来一篇好几百字的散文诗，我和秦昊看着一堆歌词原地崩溃。我们三个人对这首歌讨论了很久，包括编曲的方向和结构的设计。这首歌听起来应该是有一群高中生在夕阳下的河堤上奔跑的画面，他们穿着白色衬衫和深蓝色的下装，有男生骑着单车带着梳双马尾的女同

你好‧妹妹　132
–
133

然后

学，大家青春蓬勃，但那是他们最后一次集体旅行，接下来的人生，大家要散开了，去不同的城市上学，带着各种情绪，逃离也好，不舍也罢，最终是一群17岁少男少女对夏天的告别。

要有弦乐和管乐，得是 full band 的配器，编曲找的参考是无限开关和 Mr.Children 的乐团风格。录制也很顺利，可能因为我们之前很少写这种外放式情感表达的歌曲，这首歌反而有一种很过瘾的感觉，可以大声喊出来的感觉。最终这首歌完成了，叫《不说再见》。

把初混歌曲的音频发给刘同时，他正在厦门的剧组里，5分钟后他回我们，我哭了！"青芒班"里的同学们也都哭了。哭了，这个词真的很奇妙。很多感受我们不知道如何表达时，自己的情绪反应身体反应或许最真实。刘同好像就是这样，他判断那个东西有没有"对"，哭了与否是他的一个参考指标。他哭了，我很开心。

《不说再见》要拍MV，我和秦昊去了厦门，第一次见到了"青芒班"的同学。这些同学不是真的在校学生，是刘同为了电影里的那个班级，专门招募的演员。也就是说，"青芒班"是一个完整的班，每个同学都是固定的演员，而他们有可能在电影里只是个背景，只有一个路过的镜头，甚至没有台词。他们不是主角，但是同样认真严肃地为这部电影花了3个多月的时间。我和秦昊到片场时，有个叫小蔡的同学被刘同拉了出来，他当时买了我们演唱会的门票，但是为了拍这部戏，他没能去工体看我们的演唱会。当我和秦昊突然站在他面前时，小蔡立马转身捂住嘴哭了出来。你看，刘同找的演员也爱哭。

拍完《不说再见》的MV之后，我们在厦门海边的一个酒吧喝到半夜，刘同特别开心，一直不停地跟我们干杯，直到大家都醉了。喝醉的时候，人会变得勇敢很多，冷静的时候不敢说出口的话也都有勇气去分享了。我没有你们以为的那么乐观，我不是你们想象的那么坚强，我不是真的不爱对方了，我是一个会半夜边听歌边哭的胆小鬼。你们喝醉了会说什么呢，是一个同样这样脆弱的自己吗？刘同喝醉了告诉我，他一开始对这首歌没有底气，直到看到我们在认真地全力以赴时，他才重新鼓起信心，相信我们这群彼此认同的朋友。当一群人一起为同一件事情付出全力的时候，结果已经慢慢变得不重要了，但我们同时又更笃定，我们一定会很好，这个事情一定会很好。

然后

电影很快完成了拍摄，进入后制阶段和宣传阶段。我和秦昊在电影里客串了电台节目的主持人，那个节目叫《音乐天堂》，是剧中同学们一直在收听的节目。第一次客串电影，我俩演得很烂，在电影院看到自己的瞬间，我和秦昊都缩在电影院的座位上尴尬地笑了起来。我们也参与了两场路演，和主创们一起。导演姚婷婷是个乐观的女孩，我们也能察觉出她对自己第一部电影的忐忑。女主角郭姝彤是个东北女汉子，大大咧咧活泼开朗，是我的快乐源泉，我戏称她为"杨树林"，酒后的我们打闹游戏，演"壁咚"的戏码，等到她和秦昊搭戏时，练过舞蹈的"杨树林"直接把腿踢到墙上，"腿咚"了秦昊，秦昊满脸臊红。男主角白敬亭很烦人，一见到我们，就喊我们"筷子兄弟"或者"羽泉老师"，然后表示从小就听我们的歌。刘同很像一个旅行团的领队，到每个学校领着大家跟同学们见面，我们一起跟同学们分享电影背后的故事。

电影上映了，成绩很好，我在上映之前写了一段话鼓励刘同，他忙到没空回我。然后，《不说再见》这首歌就红了。2016年的那个夏天，各个大学和高中的广播里都在播这首歌，6月的毕业季，这首歌成了最合适的背景音乐。我不知道多少人第一次听到好妹妹是因为这首歌，但这首歌一定成了很多同学对毕业这件事最深刻的回忆。

托刘同的福，我们有了第一支制作精良的MV，《不说再见》也成了好妹妹最"出圈"的一首歌，在很多排行榜都霸占了很好的位置，好妹妹也多了一个代名词"六月李谷一"——春晚要唱《难忘今宵》，毕业要唱《不说再见》。电影项目结束了，但我们共同完成的这首歌却开始了属于自己的旅程。我们在演唱会唱这首歌时，全场几万人都会跟着唱，大家一起用力挥手。2016年成都演唱会的时候，我和秦昊站在台上看到了前排的刘同，我用手指着他，安排好的机位迅速冲过去捕捉他的镜头，焰火和纸花全场飞舞，台下的观众手拉着手，跟着音乐一起左右晃动。大屏幕切播了刘同的画面，他又哭了。

谁的青春不迷茫，其实我们都一样。

这句话简简单单，却戳中了很多人的心，每个人都匆匆忙忙地长大了，即便青春里充满了迷茫和狼狈，还是要爱自己啊，先拥抱过去不完美的自己，再努力长大。

刘同后来又出了一本书，叫《我在未来等你》，是他的第一

然后

部长篇小说。我们开启了"青茫"之后的第二次合作,又一起创作了同名主题曲。这个故事已经被拍成电视剧,我和秦昊再一次在剧中客串,这次我们扮演的是我们自己。这次的表演会不会超越上一次,大家可以在剧中找到答案。进组拍戏的那天,跟我们演对手戏的演员是李光洁和费启鸣,道具是瓜子和花生,我们拍完时,瓜子已经被我吃得差不多了。我发微信给刘同,问他在哪。他说他正在全国签售击掌,和《我在未来等你》的读者们见面。我又抓了一把瓜子,对秦昊说,他真的好拼啊。

刘同就是这样一个怀抱热情奋力奔跑的人,好像不知疲惫。其实他是知道自己要做什么,对待自己的每一部作品都全力以赴,尽力做到最好。虽然他经常在签售会上面对我们的歌迷说我们很low,但是我知道,如果有一天他突然给我打电话,跟我说要做个什么的时候,我们还是会一样,认真面对,一起加油。

某天晚上,我在小区散步,看到刘同在遛他的宠物狗刘同喜,我一见他就连忙抢着说,哎,你胖了,赶紧减肥吧。

说完我就走了,小区里回荡着刘同魔性的哈哈声。

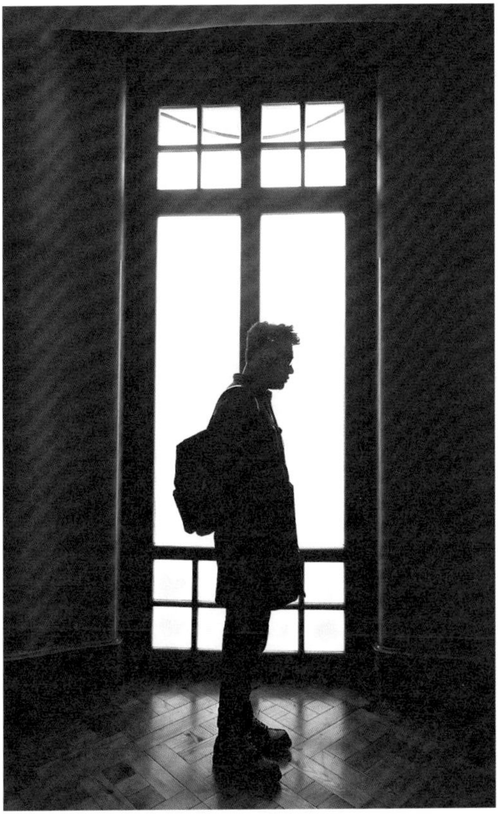

然 后

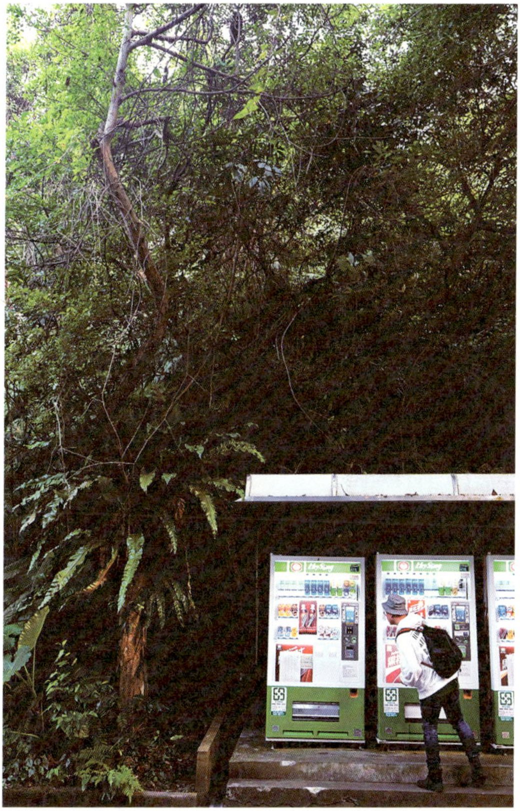

然 后

但愿永远这样好

每个人在某段时期都有一些歌陪伴过自己，在最无助最孤独的时候，那时候的记忆总是残酷和现实的，但也是最难忘怀的。所以那些歌对你而言，是鲜活的，有生命的。我残破的青春里，有许多拇指姑娘的歌。

在百度上搜索"拇指姑娘—吉他谱"，出来最多的是《亲爱的苏》这首歌的谱。我最初听到这首歌的时候，正好认识了一个叫"苏"的女孩，和这个女孩最大的交集是我们一起去无锡郊区，站在茶园和古朴的街道上拍了几张合影。我记住这首歌，是因为那时候遇到的一败涂地的爱情。歌的开头是《苏州河》的念白："如果有一天我走了，你会像马达一样找我吗？会啊。会一直找吗？会啊。会一直找到死吗？会啊。你撒谎……"我那会也在找，找了好久，每天都在找，也找不到人去了哪里，仿佛就从自己生命里消失了一般。于是我每天都坐在家里看着窗外听刘子芙唱："我该拿什么来爱你，是想念你还是忘记……"

然后

拇指姑娘那时候还巡演，在南京CD-PUB。我拉着两个朋友去看演出，我忘不了刘子芙在台上深情的模样。他那天说要唱最后一次《曼哈顿恋人》，因为女主角已经嫁人了，嫁到很远的地方。而且刘子芙也不是他自己的本名，是他和女主角给他们的孩子起的名字，但是这个孩子没有机会来到世界上，于是他就成了刘子芙。唱歌前，他说：相爱的人牵了手就努力一直在一起，牵了手就别分开了。我躲在第一排最靠边的沙发里，在心里记下了这句话。

忘记了我后来怎么就有了刘子芙的电话的，天啊，这可是我第一次有一个明星的电话号码啊。大概是因为我和秦昊翻唱了子芙的歌，慢慢在微博上就互相勾搭上了。后来拇指姑娘又一次巡演，刘子芙让我上台唱《寻找草泥马》，介绍我认识了很多他在南京的朋友，时剑波、赵元都是在那次认识的。演出结束后还和很多人一起吃了顿饭，那时正是我开始在南京努力生活的日子。刘子芙把南京叫做自己的第二故乡，我也如此。那次分别时，子芙祝我一切都好，并邀我去郑州的时候一定要找他。那感觉，挺复杂的，可能因为我自己很意外子芙是如此随和又仗义。

于是我每次要去郑州时，都会给子芙打电话，除了几次他在外地演出没法碰面,基本上,在郑州的日子都有刘子芙陪着。后来发现身边的朋友在郑州演出,子芙都会尽地主之谊,没空喝大酒,一顿烩面怎么都是要招待的。那次在郑州演出,秦昊喝大了,在后台开心地抱着子芙,大喊:刘科长,您亲自来捧场真是太好了!说完,狠狠又甜蜜地咬了刘科长一口,在后台的我们都惊呆了。子芙笑得花枝乱颤,我也不知道他是觉得秦昊太有意思,还是因为第一次被大老爷们咬了一口。这一口,是史上两支男子组成的"女子乐队"间最亲密的身体接触。

和刘子芙不能经常见面喝酒聊天,但是开心时总是可以想到对方。他在郑州和朋友们喝 high 了,会打电话给我说,很想念。我在南京和赵元撸串的时候,会一起拍着桌子八卦刘子芙的女朋友竟然是一个 1996 年出生的少女。子芙出了自己标志性的帽子,我们也毫不客气地要了两顶。虽然大家都忙碌,但总会惦念对方。

虽然子芙有很多朋友,我们也认识得并不久,但我总觉得自己认识子芙很长很长时间。可能因为他的声音的陪伴,可能因为看到他歌词时的感动。从歌迷变成刘子芙的朋友,我感叹的不是时光,而是我认识的刘子芙,就是这样一个成天笑嘻嘻的音乐人,唱着儿歌,唱着爱情,他在台上努力地笑,歌却让无数人流

然 后

泪,在我们都已不再稚嫩的岁数唱着最简单的感情。写下这些或许与音乐有关,或许与生活有关。而,我,一个理工科的戴着眼镜的圆脸胖子,在跌跌撞撞的生活里,被刘子芙使劲地温暖了很久。

最后,我想说,刘子芙,但愿我们永远这样好。

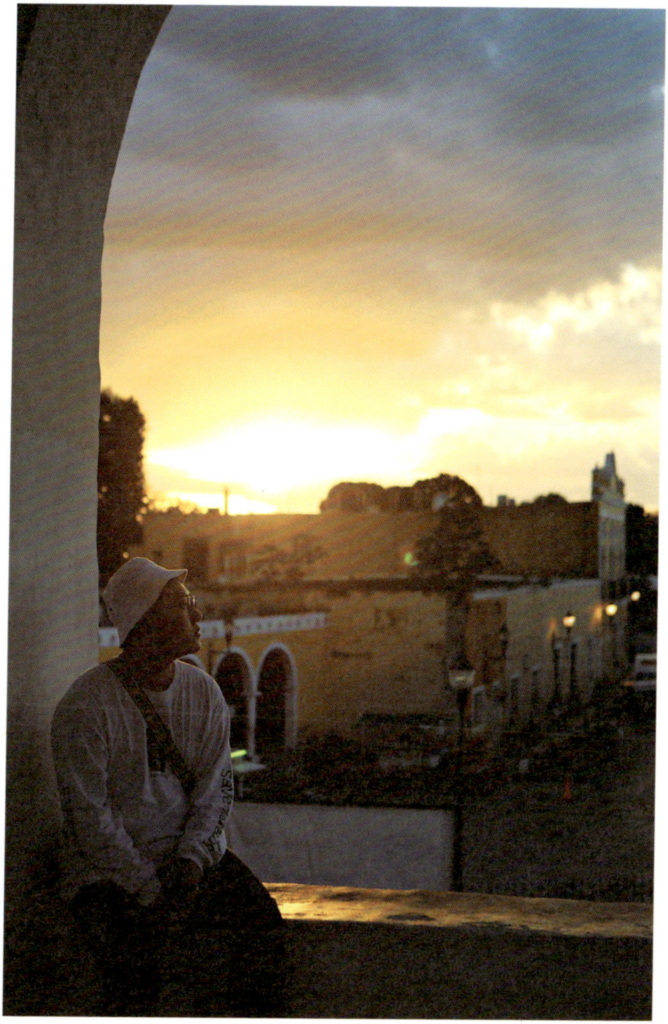

然 后

你好，妹妹　148
–
149

然 后

滤镜人生

不喜欢以貌取人的人，也讨厌长得丑的。

手机里下载了一些五花八门的图片应用软件，下载这些程序的唯一用途，就是修图和加滤镜。拍完一张图片后，先打开修图软件，去掉痘痘，把脸推小些，然后再加上一个心仪的滤镜，甚至是好几个。做完这些之后，自己往往要对比一下原来的样子，再看看修完的照片，然后心满意足地发到社交网络上。

现如今很多朋友很难得见面，了解别人的生活都是从朋友圈或者微博。聚会时聊起谁谁谁，越是眉飞色舞说得跟真事儿一样，聊的内容基本都是自己依据别人发在网上的文字和图片阅读理解而来，越邪乎越精彩，最后大家哄堂大笑，一起摇晃着手中的红酒杯。这时候，加过滤镜的人生，仿佛才拿得出手。

加过了滤镜，仿佛自己的生活才有了色彩，这并非鼓吹人要虚伪，恰是因为每个人本来都平凡又普通。

然 后

　　长相平庸的安妮，小姐妹约她一起逛街，在大悦城里逛了一层又一层，看好的洋装没有一件买得起，那个除了体力不错没啥优点的男朋友最近好像和好看又洋气的闺蜜勾勾搭搭的。

　　出租屋里的水管昨晚爆掉后，现在还不知道找谁来修。安妮假装自己还是快乐的，和姐妹们在负一楼的星巴克买了一大杯美式咖啡，自拍了一张鼓励自己坚强的照片，照片先用美图秀秀磨了皮，然后把下巴推得尖一些，放大了自己的小眼睛。照片里的安妮变得鲜艳，有着明媚的笑。

　　本来也没有很熟，但是很久没有见面的琳达，约我去吃饭。见面时，她很明显垫了下巴，打了玻尿酸。琳达问我她气色如何，我讪讪笑道，特别饱满。以前的琳达是个穿波西米亚长裙头上包裹头巾的文艺女青年，假期会到云南的古城撩猫逗狗。现在也不知道是去了第几次美国后，完全变成贵妇的样子。琳达叫服务员，要今天的 House Wine，然后问我，厚，你来试这个酒如何？我傻眼，什么是 House Wine？我没去过美国，也没吃过几顿西餐。看着琳达优雅又自如，和服务员讨论着菜品和那个该死的 House Wine，我那会觉得琳达其实也挺美的，进阶了，整个人都仿佛镀上了一层美丽的滤镜。

其实，何止是拍照需要滤镜，生活哪里不需要滤镜？

我有个好朋友，叫极光光，是我认识的作家里面最勤奋最臭美的一个家伙。他经常不定期自拍些照片发到微信里，得到赞美后，我们就会在朋友圈里看到那张自拍：极光光在餐桌前，极光光侧卧在床上，极光光起床了，极光光夜里赶稿饿了……我喜欢和他一起玩，一起聊天，一起吹牛。凌晨3点饿了，打电话可以立马跑到火锅店吃东西聊天到天亮。有一天夜里，他来我家找我玩，在楼下准备按门铃时忘掉了我告诉他的门牌号，手机又恰巧没电关机了。然后他正犹豫是否作罢回家时，小区的保安把他当成不法分子，开始盘问他。极光光很气，和保安吵了起来，最后在管理室闹了很久，最终借到了充电器，才和我联系上。当我把气鼓鼓的极光光迎进门的时候，他还是抑制不住地生气，他字正腔圆，把身体展开，伸出双臂，大声问我："请问我这样的气质，怎么会被认成不法分子？！"我笑成一摊肉，心里想着，这就是滤镜碎了吧。

秦昊和我第一次去央视录节目是2013年，录一台晚会（虽然唱得不好，但坚持了真唱）。当时我们并不懂什么化妆，也不知道穿什么，随便抓了两件衬衫就去了。特别紧张的我们正在录

然 后

第一首歌，突然导演喊停，然后拿起麦克风笑着说，你们这俩小伙子，也不化妆也不弄下头发，右边的那个小伙子眼袋也太大了，镜头不好看，下来快找个人简单遮盖一下。我俩灰头土脸地下了台，借了女编导的化妆品赶紧拾掇拾掇。后来看节目播出，我俩穿得又土，也没好好化妆，难看得要命，真是难为电视台的导演了。

自从那次录制之后，秦昊就开始戴黑框眼镜。一开始是要拍照录节目什么的才戴上，再后来变成只要出门必须得戴个眼镜。我笑着打趣他，偶像包袱越来越重了。秦昊说，他从小就有过敏性鼻炎，从小到大不知道两个鼻孔出气是什么感觉，经常鼻炎犯了，两个鼻孔就都堵上了，所以从小就有很大的眼袋，后来他画里的人物也都会有一个大大的眼袋。久了之后，反而变成一种特色。有次我和秦昊去小娟家喝茶，当时秦昊已经会因为出门找不到眼镜而焦虑。眼镜成了他的滤镜，成为他让自己更安全的一个道具。我和小娟一起夸他眼袋很有特色，只是希望他可以放松些，不要因为这个东西让自己太紧绷。喝完茶从小娟家出来，秦昊摘掉了眼镜，赤裸裸挂着眼袋，自在如风，我们都挺开心的。然后又过了几年，就在前段时间，秦昊去医院把眼袋割掉了。

很多在北京的朋友来自天南海北,但都说着一口蹩脚的北京话,北京腔比北京人重上好几倍。身边的人都这样说话,自己也就被潜移默化地影响着。有一次我听到自己的声音,北京腔浓得让自己直起鸡皮疙瘩,那叫一个难受。从那之后,我开始注意到身边人讲话,常有人捏着嗓子说:"找个地儿呗,咱可以把那个事儿聊聊。""嘿!您太逗了这哎,甭跟我这儿里个唧的,爷不吃这套。"那个感觉,就是听到港台明星故意讲儿化音的感觉吧。

几年前我发过一条微博:

有方言口音是一件非常非常可爱的事情。几年前老去北京,莫名其妙地周围所有人都在讲北京话,自己也不免讲很多儿化音。后来我意识到自己那样讲话非常做作恶心,也劝诫身边在北京的外地朋友好好说普通话。新认识朋友,从口音辨别大家来自哪里是很有趣的事。请大家不要再讲一口蹩脚的外地北京话。

融入一个地区,融入地区的语言环境,自然会受到影响。这或许就是大家在这个城市生活的一层小小滤镜,在这个偌大的城市里找到那么一点虚幻的归属感。我不会再那么咄咄逼人地和朋友们强调别那么说话,不去撕破每个人简单也并无恶意的伪装。

然后

因为，要求别人好好说普通话，很霸道。而且，普通话很难说！

　　人和人有时会成为特别好的朋友，不是因为大家有那么那么多的共同话题，有时也是因为大家往各自生活中添加滤镜时，我们不会毒舌地一个一个拆穿对方，反而是看到一个又一个更好的你时，真心实意地为你开心。相比那些觉得自己毒舌就是直率的人，我更愿意和面对这些滤镜时包容你的人做朋友。既不虚伪，也充满善意。滤镜到底是在粉饰美好，还是掩盖真实？这个想法本身并无意义，意义在于自己如何看待自己的生活。滤镜没什么特别，人人都在用。有的人把生活加了一层滤镜，光鲜亮丽脸小腿长，活得风生水起，自己高兴别人眼红。有的人把生活弄得素雅寡淡，透出一股子我和你们不一样的气场，其实吧，他们也用了一种性冷淡风格的滤镜呢。

　　最后送大家一句十六字真言，忘了在哪儿看到的——

　　滤镜越冷，性欲越浓。
　　滤镜越浓，生活越穷。

你好，妹妹

然后

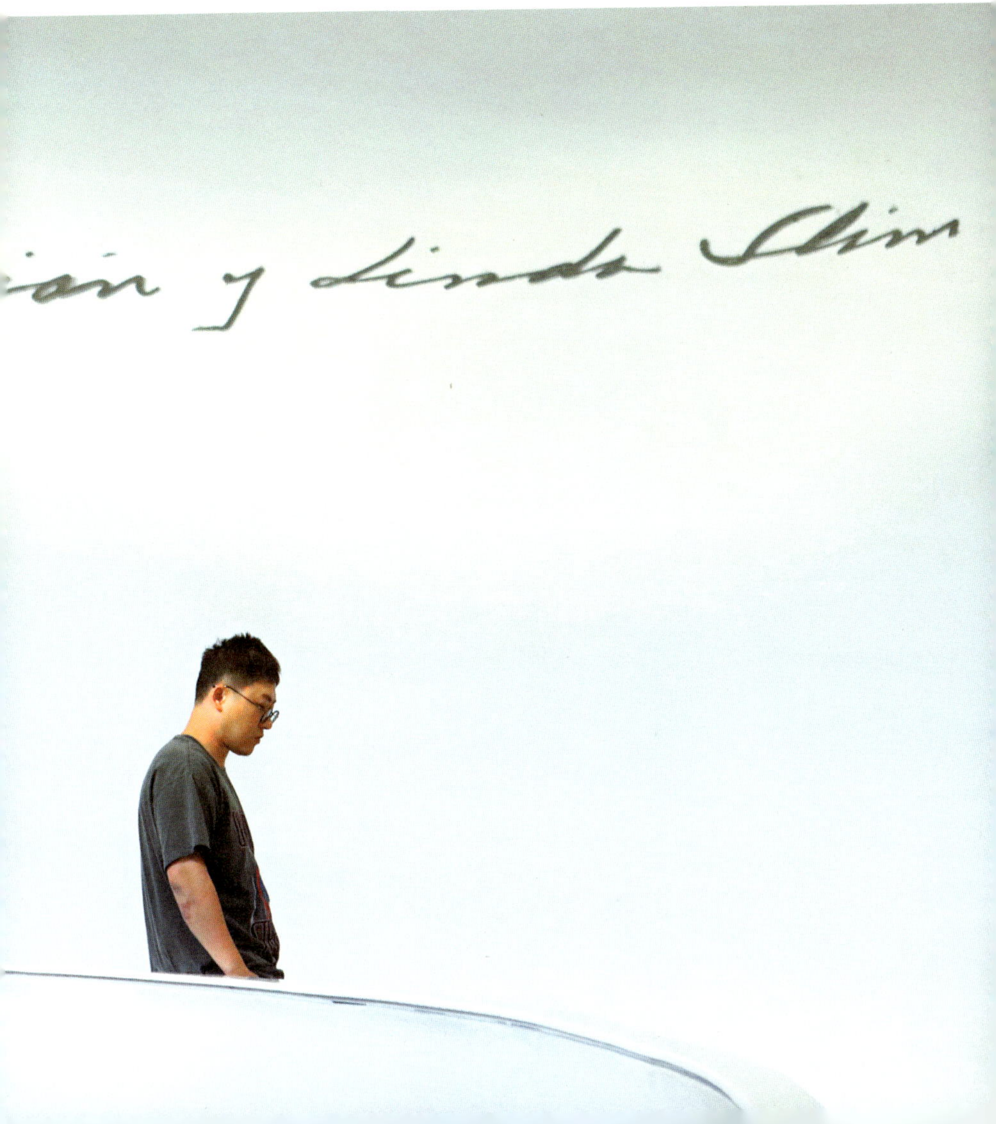
y Linda Slim

平常邮件

贰

然 后

平常邮件 162
–
163

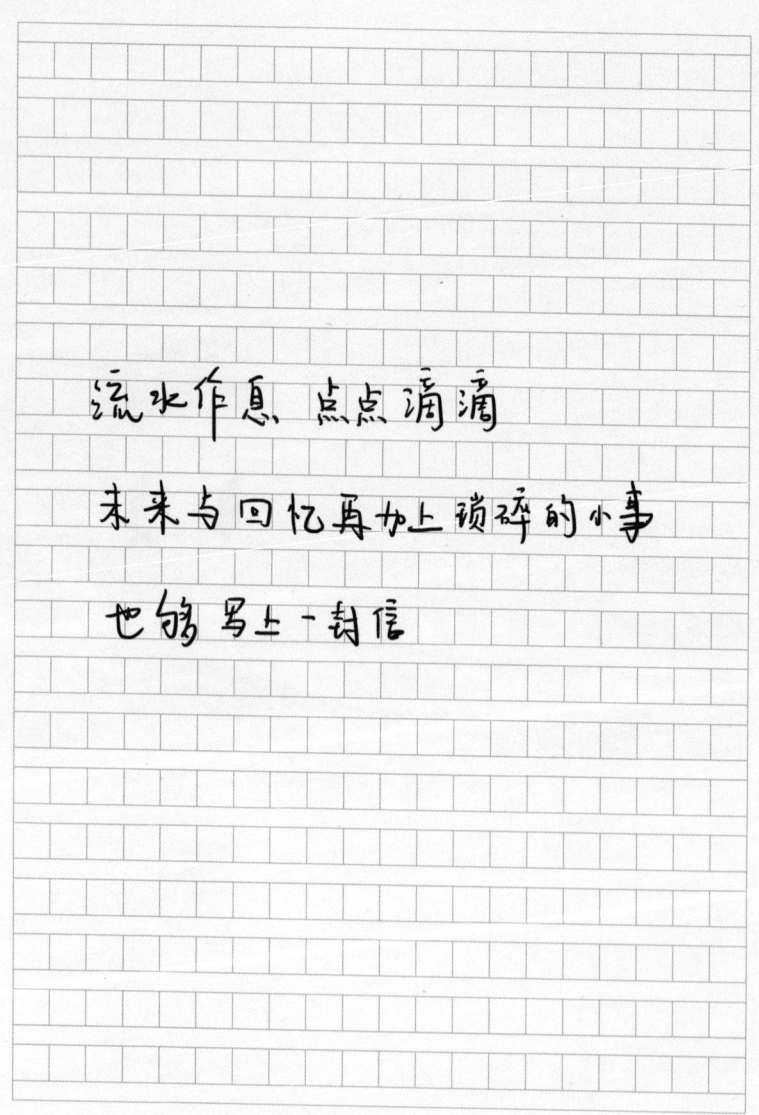

然后

流水作息，点点滴滴

未来与回忆再加上琐碎的小事

也够写上一封信

情弦

喜欢上一个人，可24小时后就要离别，而且好像就再也见不到了。我们在北京三环边上乱走，我却不敢看你的样子。你在拥挤的公车上紧紧攥着我的手，我用力捏一下，你就轻轻回捏一下。在车站，我们拥抱说再见。你的头靠着我的脸，你说，再见了，然后咬了我靠着你的肩膀。回去后，我大哭了一场，觉得自己真是好蠢。

脑海里窜出了一串数字，想了一会，好像是你的QQ号码，不知道为什么记得住。感冒了，喝了姜茶还是浑身难受，又冷又热。以前总是贪凉，经常冻到发烧，今年决定要珍爱身体，

然后

宁可热死也要让自己整个冬天暖暖的。一是夜深人静怀念过去,二是越来越知道爱惜自己。综上,青春慢慢走远了。

那年演出路过你生活过的城市,犹豫了很久要不要去你学校门口,拍一张当年你拍过的照片。又一年冬天,我和秦昊去长春净月潭公园拍了专辑里一首歌的MV素材。东北的冬天特别冷,我俩穿着薄毛衣站在松树林里,看着白茫茫的雪原。我们都没有说话,这片雪原,秦昊有回忆,对我而言却是有幻想的地方。

高中时希望自己长高一点,热衷于和同学打篮球。每次打球男生们都期待女生来看球,但是班上的女生少,她们也不爱看球,只喜欢埋头写作业。后来有一次打球时,同学在旁突然喊了我很在乎的一个人的名字,我就回头看,扭伤了脚踝,肿了很久。后来就经常崴脚,也觉得喜欢的人离自己很远,慢慢地,就不打篮球了……

　　后来开始唱歌，特别希望那个人能亲自来看一次自己的演唱会。每次专场演唱会之前都会发消息问，有没有时间来？问完自己也知道答案，但是每次还是忍不住想问。就像在篮球场崴了脚后，那钻心的疼痛在提醒自己，有些希望就是会落空的。或许，把演唱会开到你所在的城市，就可以在台上看到你为我鼓掌的模样……

　　先生，您的行李里有易碎物品吗？秦昊答道：没有，只有我的心是易碎的。

　　其实吧，那些你爱过的人，都在平行的时空里，爱着你。

　　以前很喜欢出门旅行，自己认真准备好行李，在路上记录不同的风景。记得有一次，在

然后

从昆明到大理的火车上,同车厢的新婚夫妇开心地聊着他们的生活,我半夜意外地看到了窗外一片繁星。天很近,我连忙拿起你送我的笔,写下当时的心情。可是写到一半时,那只笔没了墨水,只留下未写完的回忆。

　　以前老觉得你在乎不在乎我,跟我在乎不在乎你是两码事。喜欢一个人,是很疯狂的,会不顾一切。后来慢慢长大了,慢慢不再那么义无反顾,终于有一天变成谁也不在乎谁了。

　　有的时候,我会翻出你的照片,看着你傻傻的样子,幻想着以后会拉着你走南闯北,去各地吃好吃的。然后,突然清醒过来。幸福有时候就在身边,而过去的总会过去。我也不知道在说什么。

　　你留给我的最后一个笑容里,有太多值得怀念的地方。晚安。

我拉着你跑啊跑，跑过丛林和山川。跑的时候迷了路，你攥着我的手，好像把全世界都托付给了我，喜欢变成了责任。过了一个又一个的路口，我们紧紧拉着手，可是我突然把你弄丢了，正着急时，看到你和别人牵手走在人海里。我皱皱鼻子，看着你依然很快乐的样子，默默走开。

　　爱一个人，不是理由，不能给自己和对方为那些没有立场的行为开脱。常常有人说，我知道我不对，但我是为了保护你，可实际上最伤害你的就是那个口口声声说爱你的人。

　　以前老觉得拥有了一个人就拥有了全世界，后来发现谁也拥有不了谁。慢慢地，心变大了，世界就变小了，对一个人的喜欢、羞愧、想念，慢慢都变得不那么重要了。

然 后

就让我这样忘了你

喜欢你7年了,却从没有正式和你在一起过。今天,我想写下一些没跟你说过的话,写完希望可以努力忘了你。

小时候对爱情有很多憧憬,幻想自己和心爱的人在一起,牵手逛街,养一条狗,一起去唱片店选一张喜欢的专辑,但是爱情从未在我的大学时代降临,直到遇见了你。

然 后

　　一切都来得很突然,从你在汹涌的人海里突然拉住我手的那一瞬,我觉得仿佛和你达成了一种协议。牵手似乎意味着身边这个年轻的你和懵懂的我在彼此的心里留下对方的样子,在以后的时间里去努力地爱着对方。我还记得我略带惊讶看着你的心情,带着不确定和受宠若惊等等好多好多复杂的情绪,我的表情一定蠢死了,而你仿佛没在意,轻描淡写地拉着我的手继续往人群里走。我好慌,不知道怎么面对这样的局面,只能紧紧握住你的手,那时候,好像希望这辈子都不要再分开一样,用力握住你的手,紧紧地。

　　学生时代的爱情,总是充满很多选择和不确定性,我心里很清楚,我们没有可能在一起,而且我们各自的后来大家也都无法预料。当第一次分别来临时,我觉得以后可能再也见不到你了,假装淡定,和你轻声说再见，然后就不由自主地陷入了对你的思念。

现在回想那时候的我，其实真的不知道什么是爱情，什么是恋人，只是懵懵懂懂地第一次喜欢上了一个人。而我好像也慢慢确定了一件事，就是自己喜欢上了一个没有选择自己的人。但是你对我的关怀和温柔，让我总觉得自己还是有机会和你在一起的。就在这样纠结的情绪里，几年就过去了。

那几年我每天都要和你打电话，你总是会拨通我的电话，我挂掉再拨回去。然后听你讲你学校里的事情，讲你朋友的事情，一般都是你讲我听，有意思的话题我就和你一起讨论。慢慢地，我认识了很多你的朋友和同学，那时候我心里很高兴，以为这样就算不是恋人，也可以走入你的生活，成为你生命里可以回忆的人，哪怕只是朋友也好。我们还商量一起去国外读书，一起去北京找工作，一起去海边捡贝壳，去你的老家看你小时候长大的地方。你跟我说你家里的事情，我就偷偷存了你长辈的联系方式，怕万一有一天需要用到。我们除了没有在一起，就像恋人一样亲密。直到有一天，你告诉我你碰到了生命里重要的另一半。

我努力去忘记你，心里很复杂，因为没有和你在一起，也谈不上失恋，可是我应该就像失恋一样痛苦吧。我们的联络慢慢少了，可能是觉得不适合再联系，可能我也没有资格去关怀一个比我幸福的人吧。我试着努力过好自己的生活，但是怎么都摆脱不了关于你的话题。或许因为交集太多了，从别人口中有意无意都可以打探到你的消息。但是，我们很少联系了，仿佛彻底把对方遗忘了一样。

在无锡工作的时候，朋友劝我拥抱爱情，不要沉溺过去，但是我那时有一个特别奇怪的想法。我在想，要是你过得不好，有一天你需要我，愿意和我在一起的时候，我已经有了另一半怎么办？还不如把自己对爱情的遐想保留在我们20岁时的样子，默默等着你来找我的那天。但是长达一年没有联系，让我越发觉得自己这个想法真是自私又无聊。生活还是这么无聊贫乏地继续着，有一天，我在窗边看着街道发呆，突然手机响了，屏幕上显示的是一个陌生号码，不知道为什么，我突然觉得是你打来的。我接了，果然是你的声音，但是你一句话也没有说，就开始哭了。我立马慌了，心里着急得不得了，问了好多遍"怎么了"，但是你什么都不说，一直哭，撕心裂肺那种。我眼泪一下子流了下来，听你一声声哭，我躲在墙角也默默流着眼泪。我试探着问，是过得不开心吗？你回答的还是只有哭泣。就这样，我时不时地问你一两句，你就一直哭，哭了好久之后，慢慢地平息了。我说，好点了吗？你

"嗯"了一声。然后我就说,那挂了吧。电话挂断的时候,我特别开心又无比难过。开心自己还是你会倾诉会依赖的那个人,难过的是,好像自己已经无法从这囚牢一般的牵挂里走出来,无力挣脱。在慢慢遗忘的时候,又重新加固了这份说不明白的爱。我好像爱着你,又好像已经无法爱你了。

过后的几年,我们偶尔会见面,我们各自好好过着自己的生活,你还是一样偶尔会联系我,说一些你生活里的事情,偶尔你会告诉我你在电台里听到我们的歌了。我特别做作地在专辑里收了一首写给你的歌,好多人都不喜欢,但是你说听了还行。你会从国外给我带礼物,我在北京会拉着你一起去我们以前去过的地方瞎走走。你在离我很远的地方,过得很好。我常常说,我现在很努力,有时是希望有一天让你觉得我真的很好,在你需要我的时候,我会随时站到你身旁。我终于可以在中国很多地方开演唱会了，但是你一次都没看过，我想，那以后我就去你在的那个城市开演唱会，然后唱一首歌给你听吧。我们认识了那么多年，我以为我特别爱你，后来发觉，其实自己更多的是沉浸在爱你的幻想里，因为我们从未在一起过。我对你而言，更像是家人或者朋友吧。我们从未在一起过，我却爱了你很多年。

今天写的这些话，是对你说的，希望可以就这样忘了你。但是，写完了我才明白，想要忘了你，只是换了一种方式，永远地记着你。

然 后

你就是北京本人

我似乎不是一个认真过生活的人,很多事情都想不起来,对于那些细枝末节,好像更是无能,以至于周遭的朋友劝我说:"多吃些核桃吧,未雨绸缪总是好的。"

其实,我只是有自己记录生活的方式。回忆一段往事,想到一座城市,甚至闻到一种气味,脑袋里蹦出来的会是一段旋律、一部电影,也可能会是一个人,反推也成立，这就好像是一个具象化的过程。比如听到《Make a Wish》，我就想到初三时候，为了中考，跟几名要好的同学以"老师家孩子"的身份住在办公室里备考的经历。晚上整整两栋教学楼里就只有我们3个，出门上厕所都要结伴而行。每次听到这歌，我甚至都能清晰地记起办公室门口挂着的刘胡兰烈士画像前风吹来的方向，以及那个叫邹韬奋的出版界楷模说的一句名言。这就是我记录的方式，一首歌就能详尽地打开我的一段记忆……而每次当我认真想到北京，立刻浮现出来的，不是没完没了的桑拿天，不是经过不停车的一号线，而是一个20岁的少年，他穿一件绿色的开衫，带眼镜，是黑框的，人看起来开朗健谈，可言语间目光偶有闪烁，不知是害羞还是有什么别的在闪躲，跟他说话总是熨贴，人不急躁，可有些事儿也很较真。北京的哪里都是看得到他的，建国门外大街的麦当劳里有他，马连道的耐克店里有他，798里拍着照的是他，欢乐谷他也在，大屯地铁口跟我小声话别的是他，丰台火车站边上的涮鹅店里还有他，北京各线地铁里站着的坐着的挤着的匆忙或是闲散的光景里都有他……几乎关于这座城市的所有印象，都跟他有关。

以前我并没有留意这一点，直到今天他问我可不可以写点东西，关于他。其实我们平时的相处都是很轻松的，没有太多矫情的追忆跟缅怀，聊天时我开始用力回忆跟他的往事，可想不起细节，只是第一个关于他的，就是北京，再沿着熟悉又陌生的北京城仔细去想，就想到了很多很多，我对北京有多少印象，就有多少关于他的故事。于是，我跟他说："小厚，你可能不知道，连我也是刚知道，在我心里，原来你就是北京本人。"说完我觉得这定义也太有情怀了，很大，但很真。

北京之于他，只是他在我心里的一面投影，其实对我而言，他是一个非常特别的存在。在我大二的时候我们认识，那时候人人网还叫校内，花田半亩的博主也还没离开这个世界，我的偶像不是明星，是一个叫作王北贝的清华高材生……那时候我攒了很久的钱，买了第一台电脑，是MacBook小白，喜欢得不得了。自从有了电脑，认识了很多天南海北的朋友，他就是其中一个。我们聊过很多，包括我从来不愿跟人说起的一些囧事，甚至一些家事，有一种人你不知道为什么就是愿意跟他分享你的生活，感觉很放心，虽然你只是在倾诉，甚至有时候在抱怨。我跟他说过很多很多话，多到我都不确定我说的他是不是已经听过了，其实我并没有指望这些关于我的琐事能够被谁记得，可偏偏过了很久以后，当你发现有人还记得起这些关于你的一切，那种感觉就好像某天你不经意折了一株蒲公英，矫情地吹散了，没

然后

想到到了第二年每颗种子都生根发了芽，这种暖心的意外收获，他总会给我。

我真的很感谢他能一直在我身边，在他面前，我就那么肆意妄为地做我自己，悲伤也好欢乐也罢，就那么简单，这样的陪伴并不是朝夕相处，可当你就是很自私地知道有那么一个人，在你需要的时候他会一直都在，那种感觉就好像当全世界都抛弃了你，你也并不那么可怜，心里总会有一个地方被温暖着，永远也不会对生活绝望！

也许你并不知道自己给了我多少力量，只是默默地听我抱怨生活，其实你就已经够伟大了。

此致，长春

被风吹暖的城市，长春你好。

为什么要写一封信给你呢？这些年去了好多地方，问了问自己，哪个城市是心中觉得遗憾最多的地方。想了想，就是长春吧。

我记得自己用谷歌地球看你，一条条街道一片片绿色，在认识你之前努力想多看看

然后

你的样子。未去长春之前，我就知道了桂林路、同志街，西康胡同有一家光阴咖啡馆，好多年轻人都去逛7·8购物广场，有南湖公园，吉林大学的校区遍布整个长春，长春有好多好多学校，我知道吉大、吉艺和工师。我从未去过长春就知道了这些，想象过自己要是也在这个城市，会是什么样子。

我和秦昊认识的时候，他也在长春。因为有了长春的朋友，你在我心中不再仅仅是一个冷冰冰的名字和图片上的街道风景。长春这两个字在我眼里有了好多颜色。秦昊那时候在学拍照，买了一台单反，去长春四处拍风景拍人，我就看他的相册，从他的镜头里认识了更多的你。

我一直很想去看看你，但你离我太远了。长春离杭州有两千多公里，我也没有钱没有勇气冒冒失失地跑过去。等到我第一次去的时候，已经是2012年了，而这个时候，我已经彻底错过了你。

那一年我和秦昊在做专辑《春生》的巡演，因为你对我们两个人来说都意味着很多，于是我们带着歌在盛夏来了。我是坐火车到的长春，从沈阳。一下火车，站在月台上，我就想，你第一次来这里的时候，是不是和我一样站在这个站台上，打量着这个城市。

长春很大，树很多，这一点和南京很像。我和秦昊演出完可以休息一周，便四处看了看。去桂林路吃了好吃的牛肚串串，还专门去南湖吹了会儿风。路过一个小区，秦昊偷偷告诉我，他上学的时候，知道喜欢的人住在这儿，还在某一天路过时，在楼下站了很久。我心头涌起好多回忆，想着以前相隔两千多公里的电话那头，就是这个城市。

晚上我问自己，要不要去凯旋路拍一张你曾经拍过的照片，拍得一模一样。等过几年，还是朋友，就当玩笑发给你看，说，你知道吗，你毕业那张照片，多年后我也去拍了一张一样的呢。我没去，我怕自己太矫情，被你笑话，当然，也因为在长春，打车还挺难的。

第二次去长春是冬天，因为要拍《松林的低语》的MV。当初录这首歌的时候，在录音棚里压力很大，很难唱好，我一遍遍读着歌词，突然脑海里全是你，于是关了灯唱完了这首歌。有人问过我，对我们专辑里的歌曲，最难忘的是哪首，我的答案就是这首。"过去的点点滴滴，到如今已成追忆，我们默默地依偎，恋痕在彼此眼底。"当要拍这首歌的MV时，我和秦昊毫不犹豫地选择了长春。

冬天的长春是我从未感受过的东北,天寒地冻,将人心都冻得麻木了一般。我们去了净月潭公园。冬天,这里一片白茫茫,只有大片的松树林,被雪掩着。我和秦昊穿得很少,站在松树林里,默默地都没说什么话,但心里都在想着谁吧。那种冷,让回忆很难过,觉得青春真的太不自由了,早知道自己那么在乎你,应该更勇敢一点才对。有多难过,就有多遗憾。

长春只去过这两次,你在那儿生活了很久,我去的时候,你早已经走了。

其实,我根本不了解长春,我只是想了解你。你走了,这个城市留给我的更多的只是遗憾。我给你发了一条信息,问你,长春的风是不是很大啊。其实我知道,也并不在乎,只是想找个由头和你说句话。

然 后

　　长春的春天很短,所以我都没有感受过。

　　你离我一直很远,很遗憾我们未相爱过。

小厚
于南京仙林

平常邮件 188
–
189

然 后

平常邮件 190–191

然后

无声河流

亲爱的听众朋友们：

　　我们这次的新专辑叫《实名制》，这封信，想写给每一个听到这张专辑的人。

　　上一张专辑是2015年初开始准备，7月录完的，之后就忙演唱会什么的。这段时间里，我们都对再做新专辑这件事有点懈怠，因为不知道要做一张什么样的专辑。《西窗》挑了8首很喜欢的歌，但硬说想表达什么，其实也没什么。这种感觉和做《春生》《南北》时很不一样，那时候没有经验，懂的也少，做专辑这个事像一场冒险的旅行，沿途都有风景，终点收获满满。好在有很多人一直陪伴着我们，陪我们经历了很多未曾经历过的事。带着忐忑，跌跌撞撞，现在要给大家带来我们的第6张专辑。

去年夏天，我们去台湾工作。姚谦老师邀请我们去他家玩，参观了他的很多艺术品收藏。在客厅聊天时，我讲起不知道要做一张什么样的专辑，姚老师给了一个建议：创作的形式无须拘泥于固有的习惯，可以拓宽思路去尝试。比如我和秦昊各自写5封信看看，说不定就是一个开始。回到北京，我一直在想这个事，写信只是创作的一个方法，有点像药引子。可是专辑要说什么？先想想要给谁写信，写什么，为什么要说这些话。

我和秦昊都喜欢刷微博，都有好几个账号，在微博上认识了很多有趣的人。但这一年，越来越少发微博了，因为不知道想说什么，有意思的事情也偷偷在小号上发。好像在"交流"这件事上，我们都失去了一些什么。

人与人的交流，是需要环境的。大家都会带着想象去接触一个人，那个自己以为的对方。人与人的了解程度，就是我们相处的环境，你的玩笑，我的坚持，在别人眼里的会心一笑。人与人的交流，也需要方法。每个人有自己介意的点，足够了解才会真正尊重。但是，在一个公开的场合，能有多少足够的了解和感同身受呢？

我们平时不收礼物，只收信和大家想传

然后

阅的书，各自家里都有好多好多信。读了很多大家想跟我们说的话，有些故事印象深刻，有些只是分享生活。看到这些信，我在想象，你是在图书馆或者火车上写的，你可能度过了有点辛苦的一天，你写下这些话的时候，耳机里恰好在播我们的歌吧。

我和秦昊开始写信，在自己独处的时候，梳理了这些年没有仔细思考的很多事情。像是一种另类的发泄，把好多话都写了出来。秦昊跟我说，写完第一封信他就哭了好久。这些信整理出了很多情绪，这些情绪似乎是平淡生活里的石头，在一条河流里激起了很多浪花，分享给自己，分享给大家。

那么听到这张专辑的你们，对我们来说意味着什么呢？很多时候，我和秦昊都会觉得"歌迷"这个词远没有"听友"这个词体切。所以"妹友"的意思并不是"好妹妹"的粉丝，而是——听"好妹妹"的听众朋友。

这几年认识的一些听众，现在已经看不到他们的消息或者身影了。有一次，我在朋友圈看到一个早年间的听众说，自己长大了，已经不听我们的歌。那时候，我心里有点沮丧，并不是因为失去了一个听众，而是我以为我们是朋友般的关系，以后再没有一起共鸣的时刻了。我有点遗憾，我们彼此的世界里以后没有交集，只剩回忆。但是一点也不难过，因为长大不是一个需要难过的事啊。再见，是人和人关系的正常演变。我们都在各自往前走，某一天相逢，然后在某一天走散。

在我眼里，和听众朋友的关系是有趣的、充满未知的。我享受彼此懂得的默契，也理解别人眼中的不可理喻。我们会玩偶像和粉丝的游戏，说着一些嚣张的话，伴着做作的矫情，那是一种自己人的感觉。别人的嘲讽和不理解，有时候在乎，大多数时候也没那么在乎。大家都喜欢嘲讽，喜欢说教，喜欢为自己义正辞严。这些东西会让人觉得疲惫，如果听我们的歌，我还是希望能给些陪伴感就好了，开心也好痛快也好，难过无措也好。

我和秦昊都很想做个真实点的人，完美这件事太难太累，也无趣。所以做音乐，也都喜欢说点真诚的东西。这张专辑的每首歌，背后都有一封信，但我建议大家可以先听歌，如果有兴趣，也写下点什么文字。背后的那封信，算是我们对这个歌的某种解读。你想写的那些话，或许也是我们这次交流的目的。

所有人的生命都像一条流淌的河，河边

的风景，溅起的水花，青草和鱼儿，都是我们彼此相逢时的那些美好。

我们会继续过着自己喜欢的日子，肆意挥洒青春。

希望你们也能自在如风啊，一定。

小厚
于乌镇

然 后

平常邮件 200
—
201

然后

平常邮件　202
--
203

然 后

很高兴认识你

你好,很高兴认识你。

人与人之间第一次见面时会说些什么?如果是我,我应该会说上面那句话吧,特别是一个期待已久的碰面,故作镇定,伸出右手来握手,准备迎接我和你之间第一次真正的身体接触。而,揣在裤兜里的左手手心,早已经满是手汗。

其实，我在梦里早已经见过你很多次，也幻想过无数次我们在同一个时空里的场景。或许是一个平凡无聊的下午，有一个落叶飘零的旧窗口，两杯热茶，热气熏得我和你都不太看得清对方，背景音乐是一首没太多存在感的歌曲，我们各自看书，偶尔交谈，虽然略显无趣，但我们都知道，我们现在在一块儿呢，一起消磨这个时光。光是想象这个画面，我就觉得真美好啊。

我很容易喜欢上流行的事物，或者人。一首喜欢的歌、一幅色彩斑斓的画、一个有趣的人，很多喜欢并不意味着多情，而是自己对世界抱着一种好奇和拥抱的心情。但是你那么吸引我，我却不敢靠近你。

或许，我们认识了，并变成了熟悉的朋友，我对你的很多想象会破灭吗？原来你也跟我一样平凡，一样有着面对生活的无奈，一样有着那么多不开心的时候。原来你也和我一样胆小，在一天天长大的路上，害怕被伤害，害怕背叛。原来你像我一样渴望爱情，想和一个相处起来还算轻松的人构建属于自己的幸福生活，而现实又充满了很多遗憾。你是不是并没有我想的那么洒脱，那么坚强。我怕在你眼中的自己，没有你想的那么好。这样也没什么，最起码，我们都一样。

人与人之间的情感如果被解读了，会复杂，会掺杂太多本意之外的意义。所以我们都应该小心翼翼，珍惜相识的缘，在漫漫的生命路上，慢慢认识彼此吧。

我最近又梦到过你几次，在清晨，在冬天。醒了之后，我在昏暗的房间，静静躺了一会，然后写下了自己小心翼翼的心情。我还挺想知道，你有没有梦到过我？

虽然我不敢靠近你，但或许有一天我们真的相遇了，我会整理好所有的心情，简单而又真挚地伸出右手，等待着真实世界里我们对彼此的第一声问候，对你说，你好，很高兴认识你。

带着无比灿烂的笑。

小厚

2016 年冬

然 后

平常邮件 208
–
209

然后

我这么喜欢你,
你可别死了

秦昊和我去游泳。

我趴在游泳池边问秦昊,要是你以前喜欢的人遇到危险怎么办啊?

秦昊说,会不会死啊?我说,人都要死的。

秦昊问,那你希望你深爱的人是以什么方式离开世界?

我说,老死吧。又想了想,我说,还是别死了,想想都很难受。

他也没说啥,我俩跳回水里。

在水底,我看着他在我前面像条鱼,快速地向前游。

这才想起来,他小时候第一个喜欢的人已经不在了。

然 后

情书的模样

        这辈子只写过一次情书，大概是六封。

        用的是正方形的宣纸，秦昊拿水彩笔帮我画了很多好看的颜色和花纹。

        因为湿了水，我便拿木头夹子把信纸挂在床头的绳子上。

等干了才能写字上去。

昏黄的灯照着那些信纸，风扇一摇，吹得信纸晃来晃去，好看到不行。

情书是在旅途中写的。

在很挤的硬座车厢里，睡不着就拿出一张信纸写情话。

每天写一点，"距离你越来越远，想你却越来越浓"之类的话。

最后还是分手了，信在对方手里。

然后，就再也没有写过一封情书了。

然后

无尽的夏

来不及回头去看过去的那些夏天,那些过去已经变得模糊了,像一个慢慢腐烂的苹果。

失去了表面鲜亮的光泽,往事变得灰暗,失去香甜的味道。

其实,夏天的味道,一直是被你填满

的，是烈日骄阳下的灰尘，是雨水落在车窗的声响，是枝头冒出新芽的一抹嫩绿，是你背过的身影和轻声的啜泣。

夏天的颜色，是饱和度过高的明黄，像故宫的琉璃瓦，晃得眼睛疼。好在你会时不时回过头来冲着我笑，于是即便被阳光刺得眯着眼睛也还是觉得高兴。满大街的土染灰了你和我白色的球鞋，往前跑着，生命中灰色的过往就被我们甩掉了，拉着手，跳。

夏天的声音，是地铁轰隆的噪音，我捂着耳朵，站在空无一人的月台。走出地铁站，雨水一直拍着大地，我没有带伞的习惯，脸上堆着怯生生的表情，不知道要说些什么。出租车的计价器语音播报开始计价，广播里播着一首没有听过的歌，世界变得突然安静，好像心跳声也变得更清楚。你看着窗外，我看着你。

夏天很热，如果喝一杯冰冰凉凉的橙汁应该会很爽快吧。你亲吻我，有薄荷一样的味道，我们离得那么近，可以看见你的睫毛和眼睛里的明天。无尽夏在路边长成了一颗树，一丛丛的蓝色和粉色。我有时会很忧伤，你会抱着我，那时候，我会闻到牛奶的香味。

夏天很漫长，每天都会有虫子飘进我的房间，猫咪在各个阴凉的角落待着，绿也变得越来越深。好像所有生命都在这个季节竭力盛放，不用力的话，是不是会失去生机，会死吗？我在奔跑，不是那么急促，像是怕摔倒或者迷路。前方是一片郁郁葱葱，和开满白花的贝拉安娜，还有你。

在这无尽的夏，不如让我们用力相爱吧。

小秦同学

小秦同学：

你好啊，春节快乐。

我看完你写给我的信之后，故意等了很久给你回信，因为总想仔细想想要回给你什么，久到忘记了你在信里对我说了些什么，才在一个平静温暖的夜晚给你回信。

为什么会忘掉你的信的内容呢？因为想说的话太多，或许觉得一切其实都不用说。我很怕写给你的信，变成回忆过去展望未来的样子，那些不是我想对你说的，所以才故意拖了那么久。今天我听到了一首好听的歌，就赶紧坐下来给你回这封信。

现在的你，好棒，你知道吗？你的生活里充满了爱与友情，忙碌的工作也没有消磨你的事业心，我们也慢慢地不用太为钱发愁。感觉现在的你充满了元气，以后我叫你元气少年好了。你或许老觉得自己还是那个阴郁的少年，其实，你现在真的很阳光。

和你说一个事情吧，前年我在开完工体的演唱会之后，有点害怕唱歌了。这个说法不太准确，是有点害怕在人前唱歌了。当时觉得自己也不是很擅长唱歌，越来越多的不开心占据了生活。我以前一直都是没心没肺的,演出从来也不紧张。但那段时间里,上台的时候我心里都很害怕,会希望这个舞台如果塌了,咱们就不用上去表演,你或许也有过这种念头吧。

去年春节我们一起在塞舌尔过年,我们在海边的游泳池游泳。当时和你聊了一下以后的生活,你说自己对未来也没什么信心,但是可以开心地唱歌就好。我没说什么,眼前是一片平静的海,我俩趴在泳池边上,接着都没怎么说话。那时候我在想,你害怕的时候应该也很多吧,但你也从来没有跟我说过放弃的话。有你在身边,一切都会好的吧。

你生日那天,唱《永远的微笑》给我听,我真的哭惨了,觉得很开心很宝贵。身边的人可能总觉得,在公开场合,我都在侃侃而谈,你在一旁微笑。只有我知道,哪些

然 后

时候我心情很差或者生病了，你会主动接过话，让我也可以安静地在你旁边站着就好。很多我们都不知道怎么办的时候，我的想法是，不能让你陷到这个难堪的境况里，于是充满斗志去面对。我的无措我的忐忑都在那一瞬间消失了，只有往前。所以，在你眼里，我不开心的时候挺多的吧。但，其实是你让我变得更坚强了。你不会的那些事情，其实我也不会的。与其让你难过，不如让我挡在前面好了。所以，当你看着我的眼睛唱"愿你的笑容，永远这样"时，我真的很开心，别人或许无法明了，但我懂。

　　我发现自己的很多强大都是假装的。我记得你曾和别人说过，觉得我是一个温暖的人。这几年，你应该觉得我变得没那么温暖了吧，因为我们的世界没有那么无忧无虑了。很多时候我对你说话也没什么耐心，或者懒得交流。我想告诉你，那些时候我只是累了，那些无处发泄的坏心情可能都用在了你的身上。我也不知道要怎样去开心，唠叨也好，坏脾气也好，反正是你嘛。我心里笃定可以对你任性一点的时候，你也受了点委屈。你受着吧，你去年说的，要开始保护我了。

最近这一年，我越来越不喜欢出门，你反而天天都在外面走走逛逛，朋友也越来越多。认识你，我变得开朗了很多，你也教会我要拥抱生活。这一年好多事情等着我们去做，一起加油吧。

说了这些，发现自己都在说一些心里觉得不需要太对你说明的话。我们都一身毛病，也都在互相修正自己的不足，也都习惯了彼此在身边的生活。有一次工作休息时大家开玩笑，说等我们一起登上鸟巢舞台开演唱会，当场就宣布解散，留下一个神奇的传说。玩笑过后，我想了一下那个画面，在鸟巢，我们一起唱完一首歌，然后跟大家说，再见啦，然后台上两个人会哭吧，台下的场面也一定很震撼。想了一会心里就难过了，如果真的没有你站在我左边，我可能就真的再也不唱歌了吧。

春节了，和奶奶在北京好好过年。全家身体都要健康，年后有时间我们一起去看你爸爸。

就写这么多吧，新专辑一起加油。

小厚
于 除夕

往事只能回味

然后

石鼓路的匆匆过往

在南京，我常常坐18路公共汽车。从江东北街上车会路过凤凰西街，一个很好听的名字。

刚刚到南京的时候，我住在凤凰西街。那是夏天的梅雨季节，空气中永远都是湿漉漉的，地上到处都是积水。落叶飘在水面上，明晃晃地印着属于自己的忧郁的夏天。

那个时候我刚刚辞职，在南京无所事事，下午我去汉中门附近的桥上，趴在栏杆上，看着桥下秦淮河的水面，想着以后自己要做什么，睡着前也会想，明天做些什么好。其实这种感觉很折磨人，仿佛觉得自己快要死掉了，害怕醒来，害怕天黑。

慢慢地，生活进入有节奏的轨道，每天坐18路汽车上班，开始慢慢地在南京的生活中找到许多乐趣。石鼓路就在新街口的附近，周边的街巷中到处都是南京正宗的小吃店，周末会跟朋友们喝茶、聚会，去61 House 和 CD-PUB 看演出，去夫子庙闲逛，然后在青果坐上一下午。

逛逛先锋书店，在南京种满梧桐的大街小巷，漫无目的地走着。偶尔突发奇想了，也会去看一下歌里唱的"山阴路的夏天"到底是什么样子。那个时候，我觉得或许自己就会这么在南京生活下去。

我喜欢这个地方，喜欢南京人说话的口音，喜欢南京的街道和树木，喜欢这里的食物。

吹着南京夜晚的微风，我一次又一次对生活充满了希望感，虽然这一步步走得很艰辛，很拮据。但是找到一个想要的生活状态不是更难吗？我很开心，我找到了。

我们在南京一共演出了3次，还记得第一次在南京演出结束后，我和秦昊开心地蹲在路边，抱着吉他，在夜晚的街道旁大声地唱着歌。那个时候，我们都不知道未来是什么，只记住了当下最真实的快乐。可以这样快乐地唱歌，多好。可以跟朋友们分享我们自己的故事，很有成就感。

然后

2012年4月,我们背着行李和乐器回到南京的时候,南京的街头都还是光秃秃的枝丫,一幅萧瑟荒芜的冬天景象。慢慢地梧桐树变绿了,春天很快就会过去,而夏天也在一天天的忙碌中毫无征兆地到了。

初夏的一天深夜,在录完音回家的车上,看着车窗外的路灯,路灯透过树叶射出了一道道美丽的光芒。对我而言,那些光芒充满希望,那些光芒洒满了南京的大街小巷。

7月在南京青果举办了《春生》专辑的发布会,那天来了很多朋友,还有家人。出专辑之前我爸妈和姚女士一直都很担心我们,总觉得我俩长期混迹在酒吧,生活不安定,交友也会复杂,所以第一场演出时把他们都请来了。我和秦昊伴着秦淮河的桨声灯影,完成了这张专辑首唱会的表演。大家盘腿坐在地上听我们唱歌,有些歌也会跟着我们一起唱。

演出结束后,我拉着妈妈的手,问我妈觉得怎么样。她没说太多,只是对我笑了笑,那个眼神里有很多情绪和信息。我似乎接收到了一些正面的回应,是对我们所做事情的意外,是对我们保证自己会活得很好的肯定。问姚女士什么感想,她只说,来了好多女娃娃哦。

全国各地有很多歌迷都来了南京，现场有接近500人的样子。我和秦昊非常意外。演出结束之后，我看到一群人走在夫子庙的街上，他们说说笑笑的，在凌晨的街头显得那么快乐。看着那一群本来毫无关联的人因为一些共同的爱好成为朋友，一起到外地来看一个不知名乐队的专辑首唱会，这种感觉很奇妙吧。巡演开始了，之后还会见到更多的人吗？

我背着吉他拎着大家送的礼物站在远处，远远地冲着大家挥手，互道晚安，心里很开心，觉得自己终于可以做自己想做的事，并在努力成为一个自己想成为的人。

其实从长大离开家之后，我从来没有如此平静地在一个城市生活过，就好像你抬头看天时，晚霞总会在傍晚某个天空留给你一个舒缓美丽的心情。

虽然已经离开了南京，但是石鼓路上的那些匆匆过往，成了我2011年最难忘的记忆。终有一天，我会回去，我会回来。

然后

和弦分解在心里

其实每次在乱弹吉他的时候,总是会不自觉地想象自己在看着一片红色的海滩。

夜深人静的时候,反复播放着豆瓣电台里的音乐。内心深处隐隐激动不已,觉得生活中有那么多矫揉的情绪,在静夜里反复跌宕。

脑海中闪过一个个回忆的片段,是关于旅行,关于自己。

我曾在孤身去北京散心的火车上,看到窗外成片的桃林,树下竟然是一座座土坟。

画面充满了诡异感,就像当时的心情。

6月在北京时,和两个好友一起去798看了芒种音乐节演出,在劳伦斯艺术中心提前看了"先生小姐不插电"的试唱会。主唱讲了一段在欧洲自助旅行的经历。欧洲有一个网站，可能类似豆瓣这样的，上面有一些人用自己家来接待世界各地的朋友，然后，坐在一起交流旅行的体会，这让人心生向往。如果我一个人在异国他乡，茫然无着地出行，我会很害怕吧。但若旅途中有个人陪你，或许会好很多。

过年的时候，我在家尝试着写一首歌。可每次低着脑袋尝试哼唱的时候，总会思绪乱飞，导致这首早就该写出来的歌一直只能在心里哼着。

我觉得情绪是需要被表达的，只是这个情绪太容易被一些过往和现实的东西左右，让我对曲调的定位太难以把握。或许，是想表达的太多。总之，不知道这首歌什么时候能写出来。总是要写的。

如果碰到喜欢的和弦，会反复地分解，可以弹一整天，心绪宁静。

有些故事，是只有自己记得的美好回忆。晚安。

2010.08.22

然 后

你说那边鲜花还在开,所以我要去看你和大海

　　海风大多时候一点也不温柔,常常在阳光四溢的时候狠狠地拍在人脸上。

　　失业的我,已经无所事事了蛮长一段时间,除了每日都活在对未知明天的恐惧之中,更多时候脑子里想的是,今天做点什么才好?

　　人总是在矛盾中痛苦着的。当自己有稳定的工作和收入时,总是向往那种说走就走的洒脱人生,可以去世界各地看看,去不了东京和巴黎,还可以去云南看花,去海边看海,总是快意的。辞职的那一瞬间,很爽。第二天就可以肆意地睡懒觉,不用担心迟到,不用加班,不需要考虑领导的脸色,甚至打算好了要在工作日突然跑回家给老爸老妈一个惊喜,或者是惊吓。

　　小时候听过一首歌,唱的是想去桂林,"我想去桂林呀我想去桂林,可是有时间的时候我却没有钱,我想去桂林呀我想去桂

林,可是有了钱的时候我却没时间。"我现在可没有这种烦恼,我,又有时间又有存款。去旅行,去通宵唱歌,去朋友家里打游戏,每一天都在心里暗爽:不上班真的很快乐啊,每一天都充满彩色的泡泡。

但是随着银行卡里余额的不断减少,日子很快就失掉了惬意。小区里没有电梯,一共7层,我住在顶楼。下楼一趟都要费不少力气,于是开始慢慢懒得出门,吃饭靠外卖和泡面,慌乱的情绪开始占据房间的各个角落。直到有一天的傍晚,站在阳台上,夕阳正好,眼前是变成金色的南京城,我愣在原地,决定走出家门。

我买了一张北上的车票,简单收拾了一下行囊,去北京,那里有和我一样的年轻人。

秦昊陪我逛了两天的街,带我吃了他家附近不同口味的沙县小吃。晚上跟他挤在小小的出租屋里,聊了聊各自无聊的生活。

他问我,想做什么,我问他,快不快乐。

然后

　　北京就像一口大锅，无数的年轻人仿佛是一堆新鲜的食材，一口气跳进这口大锅里，不知道将来自己是会变成主菜还是被熬成一堆渣。这里香气扑鼻，人人都光鲜，来了北京就像是可以按下生命中的一个重启键一样，刷新生活的灰色，努力地活就能沾染上这里的新鲜。

　　是这样吧，这里的生活向一堆我这样的年轻人展示了美好，也同时狠狠地扇了我们一巴掌。我们并不优秀，我们充满了缺点，很多时候我们在别人口中都是不屑被提及的。可我们自己知道，我们都在努力变成一个更好的自己。

　　秦昊还要工作，没时间每天陪我，我说那我在北京再待一天转转好了。他陪我在学院路散步，我俩踩着路边的落叶，默默无声。我们开始窘迫了，不是以前在无锡时无忧无虑的少年。我们彼此的眼神里，都多了一份不愿意明说的担忧。我看着他的脸，是鲜活的红和一丝不知所以的黯淡，他和我一样，想要努力地快活吧。

　　他问我，接下来想去哪？

我说有朋友在青岛，说海边还有鲜花在开，那我去看看好了。

青岛的风，是冷冽的北方的海风。我拿着手机给远方的好友打电话，不知道说些什么，便蹲坐在沙滩上，学着电视里的桥段对着电话说，你听，海的声音。

海浪的声音，是连续不绝的白色噪音，一下下的，不急不缓。当你听得够久之后，心率也会跟着慢下来。呼吸之间，那些心中的躁郁也消散了。海洋太庞大了，无边无际的视觉感官，让人对渺小这个词的认识更加强烈，小到一粒沙，小到一只努力爬行的小蟹。无力感被放大后，心反而更平静了。

青岛的夜晚会被浓雾突然笼罩，这时这个城市变成了另一个地方，一个从未去过的地方。所有熟悉的一切都被遮盖住后，人会紧张，但同时也有很多兴奋的念头。因为你知道，雾终会散去，阳光会在天明之后重新洒进来。

清晨站在海边，随着阵阵的海浪声，自己跟自己说，不要继续颓废，拥抱年轻的生命，继续往前吧。

你看，风从海面吹过来，阳光洒满了金色的岸。

然 后

往事只能回味

匆匆别过

以前会保持一个习惯，就是把喜欢的人送给自己的东西放在一个盒子里保存起来。虽然可能人已经和我没什么关系了，但总是不忍心扔掉，总觉得是个念想。

大学时，有一次和同学去KTV唱歌，心情不好喝了好多酒，然后就把初恋送我的手机链弄丢了。整个人虽然喝得醉到不行，但是发现链子掉的刹那，还是瞬间清醒了过来，然后歪歪扭扭地趴在地上找了好久。身边的任一把拉住我，说，一个手机链而已，掉了就掉了，别找了。我推开他，认真地说，要是找不到我会很难过的。他很诧异地看着我，然后说，那我陪你找吧。于是我俩跪在地上找了半天，找回了链子。

我紧紧捏在手心里，仿佛找回了它，就找回了不属于自己的爱人。那天很醉，但是任陪我找链子的画面却很清晰。

任，还有他同寝室的文，是我大学时的死党。我们系只有两个班，他俩在1班，我在2班，我们3个人一起度过了大学时光。一起上课一起逃课。开学时，我们3个人把生活费凑一凑充在一张饭卡里，确保这学期不会饿肚子，然后用剩下的钱买酒喝。

任像兄长，会默默照顾我。每次我偷懒不想起床上课，睡醒总能看到他从食堂给我带回来的午饭就放在书桌上。他对我好，我也喜欢黏着他。无聊时，就坐在他电脑旁，看他打《梦幻西游》，再无聊的时光都会变得很好打发。那段日子简直就是没发育成熟的我带着懵懂的少男心，找了一个让自己感觉安全的角落。

我和文都是文艺积极分子，在学生会上蹿下跳，每学期策划各种晚会，排练小品，或者去参加周末舞会。任对这些都没啥兴趣，但还是会跟我们一起。每次任的女朋友来和他约会，我和文也会死皮赖脸跟着去蹭饭。我酒量不好，喝醉了，任会丢下女朋友，陪着在路边狂吐的我。

快毕业的时候，我第一次恋爱了，并迅速以失败告终，他俩就一直陪我在各种同学的饭局里喝酒，喝醉后送我回寝室。正式

然后

吃散伙饭那天，我们两个班63个同学一起吃了顿饭。

不知道怎么的，就有人提议说，两个班要拼一下酒量。每个班出一个代表，坐在大厅中间PK喝啤酒。几轮下来，气氛热烈非凡。轮到我的时候，任坐到了我对面的凳子上。我看着他，琢磨不透他的表情。我刚喝了几口就呛到了，咳嗽得正凶，任已经喝完了一瓶，然后很霸道地抢过我手中的酒瓶，喝光了剩下的酒，并偷偷对着我眨了下眼。

那晚在路边，同学们东倒西歪，我和任还有文，挑了一条安静的马路，最后散了次步。我走在后面，路灯照着他俩的影子，拉得很长。我很想像很多毕业生一样，高声喊道，我们永远不分开，但还是没有喊出口。我看着他俩的背影，默默想着，真的要分开了。

学校规定必须在月底之前腾出寝室，同学们走得零零散散。我拉着箱子路过任和文的寝室，站在门口，我冲里面喊了一声，喂，我回家了。文不在，任正在电脑前打《梦幻西游》，转过头说，好啊，一路平安哦。阳台的光很强，洒进房间，我只看到一个逆光的剪影。

我本想进去拥抱任一下,想想又算了,于是我就走了。宿舍走廊很暗,没有多少不舍,就这么随随便便地告别了大学时光,告别了4年在一起度过的时光。

毕业后,我先去了北京,然后到无锡上班。文去了重庆,开始做生意谈恋爱。和任却很少联系,只在毕业后的一次同学聚会上见过一面。那次他带着那时的女朋友,后来女朋友变成了老婆。文问我,他过得好吗,我说,我不知道。

几年后任要结婚了,我和文去参加他的婚礼。他的老家在宁波一个县城的乡下,南方的乡村很潮湿,冬天很冷。亲朋好友都在婚礼上帮忙,显得人情味很重。我和文帮不上什么忙,也听不懂方言,于是就掏了掏身上剩下的钱,包了个红包,在婚礼结束后,匆匆走了。

我失业后,和秦昊一起发了第一张唱片。我很高兴地跟任和文讲了,然后巡演到杭州的一个青年旅社。那天下了很大的雨,人也很多。老板娘安排我们在青旅的院子里唱歌,周围观众坐在屋子里团团围住我们。头顶上有一块红蓝的塑胶布挡雨,演出到一半,水积得太多,我便放下吉他站起来,用木棍把雨水顶出

然 后

去。观众里有一些下沙过来的大学生,我往台下看去,文来了,任没有来。

偶尔也会接到同学们的QQ留言,有的说在电视上看到我了,有的说在车上听到电台推荐我们的歌曲。我问文,我变成一个唱歌的,是不是很奇怪?文喝掉杯中的啤酒,淡定地说,感觉很奇怪啊,特别是那些女生疯狂地叫"我爱你,张小厚"的时候。我甩了甩自己并不存在的刘海,说,但是任他都不知道我现在是一个明星了。

因为和任联系很少,我去宁波如果时间很紧张,也尽量不打扰他。有一次在宁波演出后,工作安排不是很紧张,可以稍作停留。我在车上想到了任,点开微信发了一句:"我在宁波,有空见面吗?"然后发现消息发送失败,需要重新验证好友。

啊?!我惊呆了!!!

我立马打电话给文,一接通我就冲着电话大喊,我去,你知道吗?我微信被任拉黑了!文也很奇怪。那种复杂的感觉,像被抛弃了一样,我感受到了一种让人窒息的决绝,像鱼被从鱼缸里捞出来，扔在一边，瞪大了双眼，努力去想为什么，却也不知道是为什么。

是不是任遇到什么问题了，还是他只是不想联络了？我翻开电话本，想打电话给他。心里很矛盾，既然微信都被拉黑了，就是不想联络的意思吧，我很想知道答案，又很怕听到自己接受不了的答案。这个再见，真让人无奈。

在飞机上，我始终沉默不语，舷窗外的云厚厚的，像棉花糖，盖住了这个城市。我知道你就在这里，可我们之间仿佛也隔了一层厚厚的云。

我问秦昊，哎，你有没有那种以前很要好的朋友，但是突然两个人就没有了联络？

他点了点头，说，人生就是有很多匆匆的别过啊，所以我后来会把每一次再见都当成永别。珍惜再见，好好告别。

我说，我们写首歌吧，就叫《匆匆别过》好了。

然 后

每个人的人生都有很多岔路口,很多人与我相遇,于是彼此的生命都留下了对方的影子。但是有相遇就会有离开,当我们分离的时候,我希望,可以紧紧拥抱你,然后我们看着对方的眼睛,记住对方的样子,微笑着认真地告别。

这样的话,你也会偶尔想起我,然后继续过着与我无关的生活。

我的青春有你,你的回忆有我。

往事只能回味

然 后

往事只能回味　246 — 247

然后

外婆

2012年的初春,我在北京待了快一个月了,借住在Mike家里,3月的北京还是很冷。我每天和Mike开车去他的私聚坊,等着秦昊、小马坐地铁再倒公交车来私聚坊碰头,然后一起做专辑的小样。Mike和小马是秦昊刚做北漂时认识的朋友,想着大伙可以一起组乐队,虽然我们4个都不太懂音乐,却都满怀热忱。

私聚坊里没有暖气,如果要取暖的话,必须得烧锅炉。每天我和Mike到了以后,就会拿很多旧报纸,揉成团放在一边,留着引火用。在锅炉里放上煤,再放两块原木,用揉成团的报纸把空隙填满后,就可以点火,得过上好一会才会烧起来。锅炉烧起来后,屋子里会有呜呜呜的叫声,我都会蹲在炉子旁看着里面的火,火苗一直在烧。等秦昊到了,我们如果要拿电脑把排练的小样录下来的话,为了有一个相对安静的录音环境,就得把一直呜呜叫的锅炉关掉。然后屋子里就会变得好冷好冷,如果室外是零下的话,室内也会变得差不多冷。有时候,冷到自己直跳脚。心里很茫然,夜里休息的间隙站在门外抽烟,看着天上稀稀拉拉的星星,会想,不知道自己莫名其妙跑到北京来干吗,做哪门子的专辑。

我和秦昊都不太顺心,也没钱,任性地辞职后也不好意思向家里伸手要钱,就过着紧巴巴的日子,拿梦想充饥。我们告诉自己,做完专辑就开始找工作,好好上班,有能力养活自己才不会让家里担心。来了北京之后,我们为了赚点生活费,就打算在南锣鼓巷吉他吧开个弹唱会。那时候,"好妹妹"的演出在鼓楼已经可以做到在任何一家酒吧都爆满。那天,我们决定一天连开两场。

我和吉他吧的英格姐姐预定了档期,然后开始和大伙讨论售票方案什么的。在淘宝做客服是我和秦昊以前亲力亲为的工作,开始卖弹唱会门票后,才发现要满足所有人的需求这一点很难做到。我们知道票会不够卖,就得想好要提前告知开票时间,下午场和夜场的票是分开卖还是一起卖等等。也会有捣乱的人,把票买了,然后立马就说自己没时间去看,要退票。但处理这些问题和讨论各种情况的可能性,让我们很有干劲。比起发愁怎么把票卖掉,发愁怎么更合理让观众购票已经很轻松了,毕竟,要赚生活费。

一切都很顺利,在演出的前两天,我接到妈妈的电话。妈妈一说话,我心就沉了下来。外婆突然不行了,她正往家里赶,让我赶紧回家。我听着我妈带着哭腔的声音,眼泪瞬间就掉了下来。北京好冷,接电话时我正好在马路边,挂了电话,脑子里挺空的,就是止不住地难过。

外婆是个农村老太太,没什么文化,也不识字。小时候每年暑假都会在外婆家过上一阵子,现在回想起来,外婆对我而言,没有太多慈爱的画面,但她好像对生活没有绝望过,一直用平和的心过着她的一生。我听我妈讲,她刚结婚的时候,觉得生活很辛苦,要在学校里上课,养家带孩子。她也刚刚20出头而已,青春的岁月还没展开,很快就被生活逼迫着尝到苦涩的滋味。回娘家和外婆抱怨,外婆没说什么心疼安慰的话,就告诉我妈,生活都是自己选的,活得好还是不好是自己走的路,别哭哭啼啼的,让人看你的笑话,永远不要失去希望,以后会好的。

我站在马路边吹了会风,就给秦昊打电话,说,后天的演出我没法演了,我外婆快不行了,我要回家。秦昊说,好,你还好吗?那一瞬间,我心里特暖。因为我知道我的语气不是和他商量,而是告诉他,我一定要回去。他也知道,我这句话后面意味

然 后

着,他要独自对那两场演出的观众负责,秦昊必须自己在这两天里去重新排练所有的歌,自己负责本来该我弹的吉他部分,自己一个人唱五六个小时。

我没有路费了,安排完演出的后备方案,我去售票点买火车票,发现自己连买一张回家的火车票钱都没有。那一刻真的觉得自己很垃圾,辞职后无所事事了小半年,兴致勃勃地跟爸妈说自己要去做专辑,爸妈觉得我在胡闹,但也给了我自由。而我什么也没有,没有方向没有希望,连一张回家的车票都没有。虽然很不好意思,还是让朋友帮我买了车票。

回到外婆家,外婆已经走了。乡下的院子里搭好了灵堂,黑色的灵堂旁边放着好多花圈,五颜六色。形形色色的人在帮忙,本来寂静的小院子突然人来人往的。到家后,我第一个抱住我妈,我妈在我怀里又哭了起来。那一刻,我知道她好无助好伤心,我唯一能做的,就是紧紧抱着她,陪着她。外婆的去世对妈妈打击很大,我至今都记得小时候奶奶去世的时候,我爸在灵堂哭着对我说,儿子你知道吗,爸爸没有妈妈了。

丧礼办得热热闹闹,外婆算高寿,走得也很平和,就和她性格一样,不争不抢,平平淡淡。以前每次去外婆家看她,她都坐在院子里,晒着太阳,看我们来了,颤颤巍巍地起来拉着我们的手,问一些关心的话,然后我们几个兄弟姐妹会帮她洗头,掏耳朵。她越来越老,也越来越平和,老说自己活得太久了,死了也挺好。我们就会特严肃地说,舅奶你别瞎说。这些画面在我脑海里浮现的时候,眼前肃穆又压抑的黑色灵堂让人回到现实。

送灵那晚,每走几步就会点一盏灯放在路边,等走出二里地后,我回头看了一眼老家的方向。漆黑的乡间地头,竟似乎有一条天路般,连着老屋和漆黑的夜。在路口烧掉了纸扎的祭品,明晃晃的火很快就熄了,但路还亮着,他们说,那是回家的路。走得再远,回来了都找得到。我心里对外婆说,我不知道我会走去哪儿,但回家的路咱们都记着啊,一定记着啊。

送外婆去火葬场的路上,演出也按时进行着。我不知道秦昊他们怎么样,顺利与否。秦昊跟观众解释了我缺席的原因,微博里一直收到网友的安慰和祝福。在火葬场,我妈跟工作人员吵了起来,他们搬运遗体的动作太大,把外婆的帽子都晃掉了下来。我扶住外婆的头,帮她顺了顺头发,把帽子戴回去,外婆摸起来和以前一样,像睡着了。晚上我发了个信息问秦昊演出怎么样

然后

了,他回我,一个人唱歌好累。

　　第二天一早送完丧,丧礼也接近尾声。家里人都红着眼肿肿的,逝者已逝,大家都要继续生活。把外婆安葬后,回到老屋,我习惯性地走进了外婆的房间,发现整个屋子都是空的,她的床她的柜子都被搬走了,不知道为何,那种难过,前所未有的难过,瞬间溢满了心里。我连站着的力气都没有,蹲在地上,看着空空的屋,低着头一直流泪。不知道是谁路过门口,看了看没说什么就走了,过一会我妈走过来,抱着我,轻声地说,不哭了不哭了。

　　我爸妈都没太拦着我回北京,妈妈给了我些钱,让我回去继续做自己想做的事,她自己也耗尽了力气,努力回归平常的生活。等我回到北京后,天气也仿佛慢慢暖了起来,带着一种说不出来的惆怅。但是乐队似乎做不下去了。

　　最早和秦昊两个人胡闹着组了"好妹妹",然后发神经一般要做专辑。但人多了之后,意见很难统一,大家都有自己的想法。而我似乎一直都在妥协,一直都在协调和其他人之间的关系。外婆去世后,我好像没那么愿意虚度时光了,总想着把自己的生活整理好,而不是过一天算一天地等着明天。终于有一天,我们4个人在一家拉面馆吃完饭,本打算继续去排练,我放下筷子,说,各位,我特别抱歉,专辑我不想参与了,每天我们都在为一些没有意义的事情争吵,"好妹妹"也不是我一开始心中的"好妹妹"了。我打算回南京了,我撂挑子了,我不干了。我心里很难受,特别是对秦昊,好像说出了这些话后,觉得辜负了他的期许一样。我低着头,听见秦昊说,我也是这么想的,我也觉得累了,咱们就此结束吧。

我抬起头,看见秦昊看着我,眼神里反而不是沮丧,而是解脱和默契。好像我们做出让自己如释重负的决定后,发现对方原来也是这样想的。秦昊和我心情很差,对新伙伴的抱歉和承认自己的失败,不是什么让人兴高采烈的事。我说,秦昊,咱们走走吧,趁我还在北京。

我们不知道去哪儿,北京的地铁那时还是2元通票。于是我们就在地铁上待了一个下午,从八通线、五号线、十三号线,各种换乘。大多数时间,我俩就靠着窗边站着,看地铁里的人,看窗外的北京。我们没怎么说话,好像沉浸在离别前的落寞里。从2010年我们胡闹着去参加比赛,要成立一个叫好妹妹的组合,到

然后

信誓旦旦扬言要自己独立做一张唱片,到我们各自在南京北京寻找未来,到那天一瞬间的全部否定,谁心里会不难过呢?

我拿手机发信息给北京的朋友们告别,有个朋友回我:再坚持一下,别轻易就放弃。我拿这条信息给秦昊看,秦昊突然开口:就咱俩!你觉得就咱俩行吗?以前也就咱俩啊,什么事咱们都能搞定,做专辑听上去很难,咱俩自己试试呢。我们的眼睛仿佛都被点亮了,不再是地铁上垂头丧气的两个青年。我说,行!我来搞定录音棚、住宿,专辑所有的事情。秦昊也渐渐兴奋起来,和我讲每一首的编曲和器乐搭配。我俩在五号线的地铁上定了第二天去南京的火车票,当晚就收拾好了新旅程的行囊。地铁钻出了隧道,整个车厢明亮了起来,向远方疾驰。

上一次坐车回家是奔赴外婆的葬礼,我在车厢的最后一节卧铺。早上5点多的时候,我站在车尾。看着铁轨离自己越来越远,心里没有希望。但慢慢地,天就亮了。日出的时候,天上的颜色是渐变的,红红的倒映着原野,还挺好看的。看着那么美的景色,心里也就慢慢平和了。

在去南京的火车上,我和秦昊都不怎么说话。带着期待和希望，秦昊写下了《你飞到城市另一边》这首歌。那时候我一直看着窗外发呆，我没告诉他的是，那段路，离我老家很近，景色也和乡下老屋周围差不多，那时候，我很想外婆。

然后

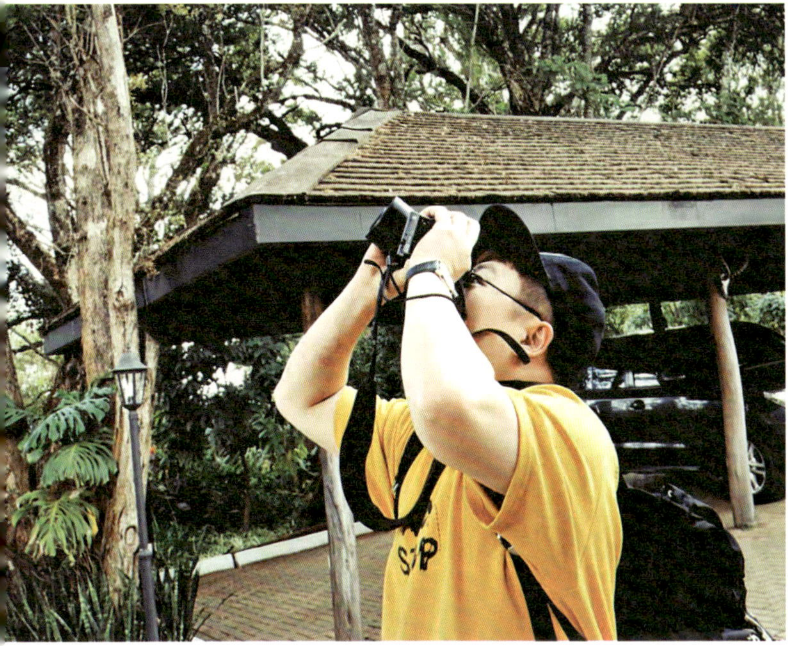

然后

往事只能回味

然后

白菜豆腐粉丝汤

自从离家开始独自生活,我不太敢跟爸爸说我喜欢吃什么,因为一旦说了,回家之后,必定每顿饭都会出现那个被提及的菜。

还记得上大学的时候,给爸爸打电话说想吃乌贼炖豆腐,豆腐切成小小的丁,在上面撒上一层厚厚的乌贼丝儿,浇上调味料,蒸出来的味道特别鲜。暑假回家后,连续吃了好几天的乌贼豆腐丁,整个人都散发着乌贼的咸腥味儿。

爱你的人总是会记住你喜欢吃什么,味道同样也是一个时光穿梭机。街上出现了很多"妈妈的味道"和"外婆家",甚至连外卖APP也有"回家吃饭"这样的巧思。或许商家都知道我们大家都是一样的,都在独自漂泊。吃到烟火气十足的家常饭菜,总能想起年少时的场景吧。

凉凉的夏夜,在晚上10点骑着单车回家,小小的县城里没有太多汽车，便和结伴回家的同学一起骑到马路中央。书包是扔在自行车的车筐里的，路过一土坑，会站起来蹬车，顺势把车头一拎。书包弹起来后砸在车筐上，沉沉的一声。路灯下消散的声响像是自己17岁的呐喊，不知道自己在担忧什么。到了家附近的巷口，和别人挥挥手，推着单车去停车。家里的楼道下有一段没有路灯的黑路，自己会用不太大的声音唱歌壮胆。急匆匆锁好车后，三步两步地往楼梯上冲。每次开门时，都会看到妈妈在厨房。我妈说，只要听到我在楼下开始唱歌便知道我到家了，就会去给我热饭。我端起饭碗大口吃饭时，感受着专属于自己的温暖。

因为工作的原因，我们常在各地飞来飞去。有一天在广州工作，突然想起来小时候在乡下老家常吃的白菜豆腐粉丝汤。乡下的冬天没有太多蔬菜储备，但是白菜总是充足的。冬天里吃白菜炖豆腐是非常家常的做法，炝锅先炒下白菜和豆腐，豆腐煎得微黄，加水后放一些火腿或肉片吊汤，出锅前再加上一把粉丝。胃被暖起来了，冬天也变得不那么漫长。想起这个味道的我，想了想广州应该没有餐厅在卖这个菜，便发了条带着些埋怨意味的朋友圈。

然后

　　隔天，老吴约我吃饭。老吴是我大学时代就结识的朋友，在广州工作，工作的地点恰好在黄沙水产批发市场。水产市场每到夜里总是最忙碌的时候，船上一批批的海鲜卸货到市场，经一辆辆的冷库车装载再运往全国各地。老吴带着我在市场里买食材，买好食材便可以拿到市场门口的粤菜酒楼加工。

　　老吴买了一只澳龙，还有两只小臂一般粗的皮皮虾。龙虾是两吃的，做了白灼和龙虾伊面，皮皮虾则是蒜蓉炒。味道十分鲜美，分量也多到吓人。我不停跟老吴感慨，这种吃法还挺过瘾的。吃着吃着，我们开始互相关心对方的身体。我叮嘱他老熬夜工作对心脏不好，要多休息。他吐槽我老低血糖也不知道常备些巧克力，还骂我总是不吃早饭。

　　老吴中途离桌了一会，饭快吃完的时候，服务员端上来一盆白菜豆腐粉丝汤。这个汤看起来清汤寡水的，尝了一口，难吃得要死，和我记忆中的那个味道相差了十万八千里，但是眼泪突然就差点要掉下来。

不要叫我胖子

因为从小就不是一个瘦子,所以从小一直被叫胖子。

同学叫我,老师叫我,玩笑也好嘲笑也罢,我都不是很在意,仿佛习惯了一样。

大概在几年前,有一天我和我姐用短信聊天,聊着聊着就恼了,她一直以亲人的身份和口吻在说教,我突然就生气了。

我用非常快的速度不停地回她信息:

"你不要天天说我","你有想过我喜欢不喜欢吗","别以为自己很了解我一样","你真的以为一个胖子会喜欢你天天叫他胖子吗?"打出这句话后,我拿着手机呆住了。

小时候,亲戚家的弟弟妹妹来家里玩,我姐有时会捏我的肚皮,开心地跟弟弟妹妹们说,哥哥是不是很胖?

然后

　　长大后，表哥表姐都生了孩子。过年过节家族聚会时，我抱着小娃娃，我姐会在一旁，一边逗孩子一边开心地说，抱你的表叔是不是胖乎乎的？小娃娃会说话了，便会喊我：胖猪猪表叔。

　　我从小到大都没觉得这是件多严重的事，仿佛是我们姐弟俩一起成长最平常的画面之一，当下微微尴尬的时刻一过便会抛到脑后。直到这次争吵我情绪激动地打出这句话时，我才意识到，那些画面我其实一直都记着。

　　原来我是那么不高兴，那么不喜欢这些话。我也以为自己不会计较自己的姐姐并无恶意说的这些话，但每一句都被我深深地介意着，牢牢地记住了。

　　来自你在乎的人的伤害，往往更刺痛。我气急败坏地发完信息后，姐姐沉默了很久。我不知道那很久的时间里她在想什么，但是最后我收到了一个"对不起"。

　　所以，以后不要叫我胖子！

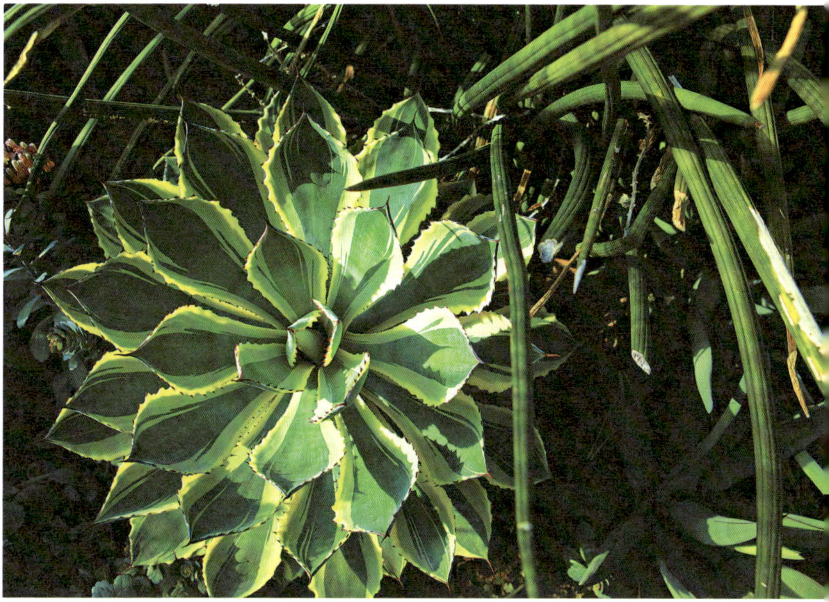

然后

姚女士的招牌菜

我今天新写了一首歌,写得差不多了,就抱着电脑去秦昊家找他,让他帮我修改一下。我俩住的并不远,一个在小区的最东边,一个在最西头。走在小区里穿过一片片的树荫,竟觉得像小时候在乡下,从村东头去村西头找小伙伴去田里偷玉米的心情。

刚搬到这个小区的时候,我和秦昊一起去看了很多套房子,房型各不相同,我的选择标准是自己想要一个有衣帽间的房子,秦昊的标准是,厨房要看起来可以让奶奶姚女士满意。有时候觉得秦昊过得比我们身边这些人都幸福些,回家了有姚女士做好饭菜等他。

第一次吃到姚女士的饭菜是2009年的中秋节,我和秦昊一起坐火车去了西安过中秋节。那时候秦昊和我住在无锡,他美其名曰要专心复习准备考研,实际上每到周末就拉着我出去玩,他也从那段时间开始写歌。到了西安,姚女士觉得我看起来是个正经的小孩,便待我很好,做了一桌饭菜给我吃。

然后

　　姚女士的菜味道恰好，荤素搭配，十分家常。西红柿炒蛋，蛋要先炒得金黄，盛出来之后再炒西红柿，最后回锅。重庆的炒蛋，蛋都是很瓷实的。蒜泥白肉的蘸汁儿是姚女士特调的，红红的辣椒油和一大把芝麻，蘸一片切的薄薄的白肉，可以吃下一大口米饭。姚女士的红烧肉是切的小小块，再小一些就像卤肉饭上卤肉的感觉了，浇一勺肉汤，拌进白饭，我又吃了一碗米饭。汤是苦藠排骨汤，苦藠是川渝特有的一种蔬菜，看起来像小蒜头，肉汤加上这个我没吃过的小玩意后又鲜又香。

　　等到姚女士来北京常住后，我更是常常去蹭饭。一段时间后我才猛然发觉了为什么我们这么容易发胖，姚女士做的每道菜都太适合配白饭了，心疼"小秦"。同时也发觉了，姚女士的菜单是很固定的，大概就是那几道。我问姚女士为什么不做别的，她答我，别的秦昊不爱吃。

　　有一回，秦昊和奶奶吵架。姚女士便当着他的面跟我聊天，喊我晚上来吃饭，说要给我做白斩鸡和红烧鱼。我不知道如何搭腔，看秦昊在一旁翻白眼，听他继续和奶奶拌嘴：
　　——你不要故意做这些我不吃的。
　　——我不是做给你吃的，我做给张亮吃。

——张亮也不爱吃这些!
——放狗屁!你又不是张亮。

在秦昊家,我们商量完事情之后,姚女士坐到我们椅子旁边,听我们扯闲篇,然后笑眯眯地问我最近想吃啥。我想了想,确实很久没有吃姚女士的招牌菜了。临走的时候,我一边在门口穿鞋一边跟奶奶说,我明晚来吃晚饭啊,不要做太多,我在减肥。

姚女士应承着,说好的好的。在我关上门的那一刹那,我听见她转过脸跟秦昊说,张亮减肥是不会成功的。

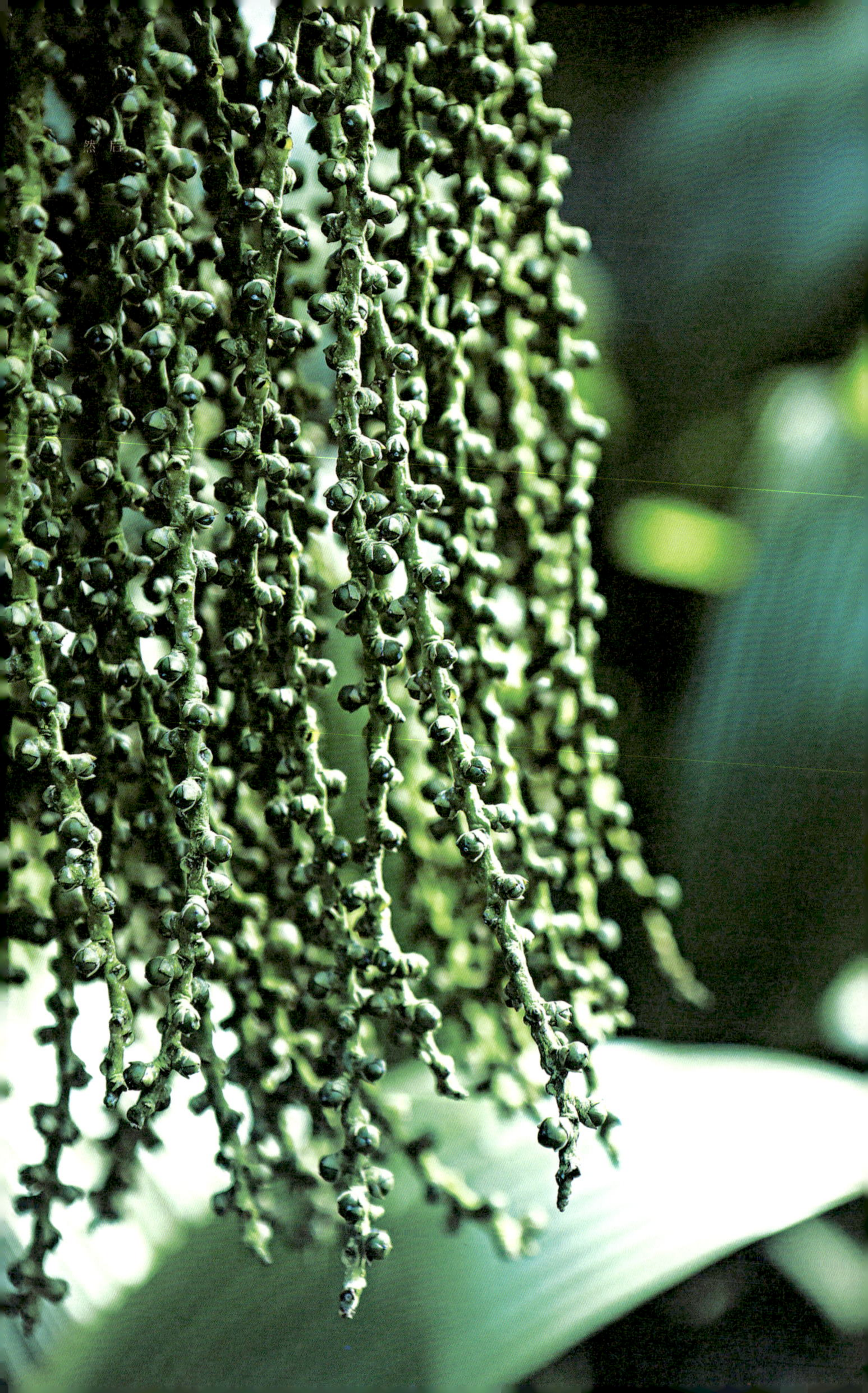

往事只能回味　　272

然后

便利时光

小的时候，是没有便利店这种东西的，只有小卖部。小时候最开心的时候，就是每天从妈妈手里领零花钱，然后和小伙伴一起去学校门口的小卖部买零食和冷饮。有很多童年零食在记忆里留下了深刻的印象，跳跳糖、变色糖、玫瑰丝、袋子冰。小卖部仿佛是那时候最快乐的一个角落。小卖部的老板，我还记得他的模样，是个矮矮黑黑的大叔，而且他很厉害，我们常去小卖部的同学他都认识，各个年级他都认识。他女儿和我们一个年级，因为家里开小卖部，所以大家都很羡慕她，然后恰好她长得很像爸爸，男同学们因此对她又爱又恨，又想巴结她，又因为她有点趾高气昂就嘲笑她的身材。而这些事我一点儿也不在意，因为我固定放学时在她家买卤水煮的豆腐干和海带吃，所以她放学了会和我讲男同学的坏话，我就一边吃一边听，然后嘴里塞满了东西嗯嗯啊啊地跟着敷衍。

我对这个女孩印象很深，是因为后来上了初中，虽然大家都长大了，可是这个女孩长得还是很像她爸爸。她爸爸当时是我们小学所有同学都喜欢的人，可是大家都觉得他的女儿不好看。上初中后，同学们都开始结交新的朋友，某天放学路上，我听说了一个关于她的故事。这个女孩还是一直挺骄傲挺自信的，于是有不怀好意的一群姑娘，大家就玩真心话大冒险游戏，真心话让大家评价自己的长相，这个女孩说："我觉得吧，我不是特别好看的那种，但是我中等偏上吧。"她说完了这句话后，大家都安静了，然后所有人都在笑，都在疯狂地大笑。她反应过来大家是故意要嘲笑她，于是开始当着所有人的面大哭。

我在放学路上听说了这个故事，就骑车绕到了小学门口的小卖部附近。远远地看见了她的爸爸，还是矮矮黑黑的，站在门口。她爸爸远远地对我挥了挥手，我就隔着马路也挥了挥手。

上了大学，我第一次离开家生活。2004年的时候，我们是第一批住进理工生活三区的学生，于是楼下开了好多好多的超市。17岁离开家，我真的不知道怎么手洗衣服。只知道把脏衣服放进洗衣机，放洗衣粉就好了。小时候看过妈妈手洗衣服，于是大一军训期间开始有样学样自己洗衣服。我在楼下超市买了洗衣粉和透明皂，隔了两天我又去买洗衣粉，又隔了两天我又去买。小超市是一对从浙江南部来杭州的夫妻开的，他们儿子也在下沙

然后

上大学。那个阿姨问我,为什么又来买洗衣粉?我回答得特别坦然,因为用完了。她就问我是怎么用的,我就说,每次倒很多在水里,这样有很多泡泡,然后每件都得用一盆充满泡泡的水。那个阿姨就笑话我,然后跟我说,洗衣粉放一些在衣服上,沾点水搓搓就可以洗干净了。我那不是洗衣服,是在玩水。我这才想起来我妈也教过我,我有点不好意思,然后那个阿姨就冲着她在搬货的老公喊了一句:你给儿子打个电话,跟他说说怎么手洗衣服啊。

随着慢慢长大,便利店就像爱情一样,悄无声息地走进了生活。便利店和小时候的小卖部、宿舍的小超市都不一样,便利店好亮好亮,白晃晃的,有点冷冰冰,也有很多人情味。毕业了开始来北京找工作,当时住在建国路,住的地方楼下有一个7-11。我那时候找了一个挺好的工作,每天早上下楼,在7-11买一杯冰豆浆一个饭团,在盛夏的北京早晨,一边走路一边吃早饭。大街上都是匆匆忙忙上班的人,我也很期待未来的生活。那时候,喜欢的人放暑假跑来北京找我。晚上懒得出门,我就穿着拖鞋去楼下便利店买饭回来一起吃。缺任何东西,楼下的那个地方好像都能解决。时间久了,哪些杂志在卖,饭点什么时候出餐,新出的哪些饮料好喝,都已经很熟了,包括便利店的工作人员也都认识了,而且在便利店还认识了邻居。我觉得便利店好棒啊!

但其实,便利店里的东西,挺一般的吧,听说都是中央厨房流水制作,豆浆也都是拿粉冲的,食物大多数都是冷冰冰的,加热后也有一种塑料的味道。我之所以觉得一切都好棒,根本不是因为我有多爱便利店,是因为你罢了。或许爱情充斥生活的时候,所有的日子都会像有滤镜一样。那些平淡无奇的食物,那些寻常模样的景色,那些慢慢消磨的时光,都因为你而变得更好了。

我后来搬了家,附近没有便利店,我也没有觉得特别不方便,但也老觉得楼下要是有个24小时的便利店就好了。生活还是一样在继续,努力让自己生活得更好一点。我想了想,便利店对于我,对于很多人,都是一个安心的存在吧。

我不喜欢超市,喜欢便利店。但现在的自己,也并不会因为便利店关门了而搬家。这种感觉,好像和谈恋爱一样,没有便利店,可能会觉得不那么方便,但习惯了就好了。就好比你走了,我难过了好久,但后来慢慢就习惯了。

然后

对了,听说小区门口马上要开一家 7-11 了。希望可以开得久一点。

小厚
于 三亚

往事只能回味

然 后

"NB"的"××先生"

刚刚下飞机，便收到信息，编辑小姐问我在哪，要送一些书给我。我看看了手机屏幕上显示的时间，还早，刚刚北京时间23点。算了算她家到我家的距离，便约她到我家碰面。

编辑叫晓磊，一个文气的女生，却有一个很man的名字。晓磊是个有趣的人，经常用各种办法来提醒我写稿。印象最深的是，她去日本度假，特意留言给我：天气真好，云也离自己很近，觉得特别适合写篇稿。我当时在北京捧着手机快笑倒了，旅行还不忘催稿，也真是够敬业的。

我刚刚搬家，新搬的小区里植物特别多。晚上下了一阵雨，走在回家路上空气挺清新的。可是一想到书稿就头痛，最近为了宣传演唱会真的好累，很难静下心来好好写点什么。

我从机场赶到家后，晓磊还没到，我拿了杯水，站在自己的书橱面前看看自己都有哪些书，一边想着她送书上门到底是何

然　后

用意。我在幻想这样一种场面，晓磊微笑着从她的书包掏出一摞书，然后狠狠摔在我的脸上，又温柔又凶残地说：看！看！别！人！写！的！

晓磊进门后，坐在沙发上，拿出了一个丝绢手帕包着的包裹。我打开一看，是很多情感励志小说。我大笑，好多本我都有了，都是歌迷送的。其实大概是从去年开始，就不再收歌迷的礼物了，觉得虽然心意很好，但是很浪费钱。后来和一些歌迷交流时有讲过，只收纸质品。然后，收了很多信、明信片，还有书。

因为唱歌这件事，我和秦昊都认识了很多作家。特别是我们的电台，采访过最多的就是作家。我们曾经和刘同在火锅店喝了好多酒，边吃边喝边录电台。我们也曾拿着录音笔跑去丁丁张的家，聊他的心灵耳光。更别提《你妹电台》的资深嘉宾极光光和飞行官小北了，我们4个每次碰面就会以"流星花园"自诩，后来变成"4 in love"，估计以后还会有"人间四月天"这样奇怪的变形。

丁丁张送了他的书《世界与你无关》给我，我坐地铁的时候就会慢慢看这本书。那是我第一次看到有人用"寂寞先生""不肯定小姐"这样的称谓，觉得既特别又有趣。看了其中一篇文章，讲的是共同认识的一个女生。我大概看了3行就根据丁丁张给主人公起的名字确定了故事的原型。我连忙掏出手机，发信息给他，问XX小姐是不是我心中想的那位。丁丁张说没错，但，有那么好猜吗？

用一个关键词来描述身边的朋友，用一个带有特性的词语来形容人物，后面加上先生和小姐这样的字眼，真是新奇的称谓。如果可以的话，我也想知道在别人心里我是肥胖先生，还是眼镜先生。可能是我读的书太少，后来我了解到身边有很多作家都在书里用这样的称谓给主人公命名。或许这样可以让读者第一时间迅速了解人物的特性，或许这样省去了起名字的麻烦。但不知道为什么，慢慢地，越来越多看到这样的名字，心里真的产生了极大的不喜欢。

其实我知道自己只是想说，好好起个名字会死吗？有一天，我翻开晓磊专门送我的那些畅销书，随便翻开一页，就是满篇的"不守时小姐""领带先生"，立马失去了阅读的欲望，我瘫在沙发上，把书扔到一旁，我在想，这是咋了。

然后

后来发现，这样的称谓都是出现在青春文学情感类的小故事中。写这些文章的同学，一般都是在写自己的故事或者身边的人。要是写上这些故事原型的名字，怎么说也是不礼貌，还会给自己和别人的生活带来不必要的麻烦。但是我一想到要是把大学时最好的同学叫成"爱喝酒先生"，把自己在乎的那个女同学叫成"锅包肉女孩"的话，就会觉得回忆要毁了一样。

想到这儿，我发现不是别人有什么问题，而是我变了。别人用这样的写法，是别人的事，读者都没什么意见，我这样一个连错别字都分不清的家伙哪有资格挑剔。只是原来我觉得很有意思很酷的一件事，现在不喜欢了而已。而同样不喜欢了的，还有"牛X"这个词。

写这篇文章的时候，刚刚参加完一个音乐节的演出。演出之后，特别开心。不是因为我们唱得多好，也不是因为观众有多热情。而是，在我们演出的时候，台下没有观众扯着嗓子大喊："牛X！"我真的是怕这个词了，可就在几年前，我也是台下兴奋的观众之一，跟着大伙一起冲着台上大喊："牛X！"

第一次去音乐节现场，是到镇江的鹭岛看长江迷笛。那一年，我扎了一个花布头巾，在露营区拿着一块塑料桌布占地皮，去江边捡了一些小树枝插在地上，给自己圈了一块地。身边都是南京的大学生，他们成群结队来看音乐节，带着啤酒和女朋友。年轻人就是很容易变成朋友，我们偷偷带了很多瓶小二，分给身边的陌生人喝。一起在雨天里 pogo，把整条裤子弄满泥浆，听着一些听不懂的音乐，但是会在每首歌最后一个音符消散的时候，集体冲着台上大喊："牛X！"然后台上的歌手，会特别满足，仿佛也被点燃了一般，举起酒瓶，把啤酒洒满全身，伴着下一首歌开始的律动，用话筒冲着台下大喊："你们才是最牛X的！"那时候，我觉得，哇，我好棒啊，我仿佛真的牛X了一样。

慢慢地，自己开始出演音乐节，也在鹭岛开始了第一次作为艺人在台上的旅程。我太熟悉鹭岛这个地方了，在台上演出间歇，我看着台下乌泱泱的人头，他们就像我当年一样，年轻又热切地看着这个舞台，我很激动，和秦昊卖力地唱卖力地跳。在一首很动感的歌曲结束后，台下的男男女女们，冲着台上大喊："牛X！"好妹妹"最牛X！"我在台上，看着台下的人，也像其他歌手一样，对着话筒对着台下怯生生地说了一句："你们牛X。"说完之后，我突然愣住了，浑身都是鸡皮疙瘩。挺尴尬的，但是观众已经被这一句话点燃，好像我们在户外的音乐节现场，

然 后

完成了彼此认可的一个仪式一样。尖叫声持续到下一首歌，我臊红了脸，秦昊还是一如既往地紧张到不知道发生了什么。

后来演出，我就再也不在演出现场喊"牛X"这个词了，也越来越讨厌听到别人喊这个词。"好妹妹"的音乐也好，人也好，一点都不牛X。慢慢地，我也不觉得有什么音乐是适合用"牛X"这个词形容的，反而更喜欢用"好听""悦耳""带劲儿""我喜欢"等更贴近真实感受的词语去描述。身边的很多歌手朋友，还是在各种音乐现场和电视节目里，冲着很多观众朋友大喊"牛X"，我就猛地一下缩成一团，心里琢磨，哪儿牛X了？我甚至也不觉得这些朋友们口中的牛X，都是真心实意的，还不是图个现场热闹。

我开始在电台里呼吁所有"好妹妹"的乐迷不要再喊"牛X"这个词，因为一群年轻小伙子大姑娘们，动不动把动物的生殖器挂在嘴上，用来表达对你热烈的情感，怎么想象那个画面都不美。我和秦昊说了这个观感，他笑得花枝乱颤。他说，那以后"好妹妹"的现场，我们要号召他们喊"美丽"，这样就和谐多了。"好妹妹"的现场后来出现了很多"美丽"的口号，想想也是另一种诡异的场面。

身边很多作家朋友都在用"XX 先生""XX 小姐"继续描绘他们各自的青春故事,身边很多音乐人朋友和前辈都还在永远年轻、永远热泪盈眶地冲着大伙大喊"牛 X"。我写下这些,只是想跟着文字,回忆回忆自己以前的样子。然后在岁数越来越大的时候,直面自己的喜欢和不喜欢,哪怕那些都是你自己。

说了这么多,也没什么别的意思,就是不再喜欢而已。

然后

往事只能回味　288
--
289

然 后

演员的丧生

我从来都没有想过要做演员，也一直都没有做成演员，但是2年前，我去考了北京电影学院的表演进修班，现在想起来，这是一段很魔幻的往事。

从小我和我妈一起看电视剧，我记得有一部电视剧叫《九九归一》，当时我和我妈一起对着电视里的人品头论足，有个女演员叫朱媛媛，她演得特别好，我们印象特别深。她被人欺负了被人坑了，我和我妈都在沙发上着急地直拍大腿。心里笃定地认为，朱媛媛就是剧中那个命途多舛的女子，过着跌宕起伏飘摇不定的一生。等再长大一点，才后知后觉地觉得，自己之所以对这个角色记忆深刻，是因为演员的演技塑造了一个有血有肉、有灵魂的角色。嗯，第一次意识到，骗了我那么多眼泪的剧中女子，是一个真正的演员。

第一次有人问我要不要做演员，是在一个聚会上。当时朋友做了一个纪录片项目，跟拍我和秦昊的音乐生活。一次拍摄结束后，我们一起喝东西，那天有个新朋友，是个话剧导演。他突然问，哎，小厚，你想不想演话剧啊，我们要新排一个剧，有个角色很适合你。我有点不知道怎么反应，眨巴着眼看着他，又看了看小秦。"话剧？我行吗？"心里有超级无比大的一个问号。秦昊反而很兴奋："话剧好啊，试试！"

事后，我偷偷问了问经纪人，经纪人说我们演出的安排比较密集，如果参加话剧剧团的排练和演出，时间上很难协调。对待戏剧，要很认真地对待。这次很难找出时间来参与了，以后有合适的时间和机会再去尝试。

通过这么一件事，我开始想了一下，我能做演员吗？

身高175cm，体重88kg，圆脸戴眼镜，略带苏北口音，性格开朗活泼，模仿能力强，会说东北话。比对了一下自己的条件，古装是不太合适的，因为我戴眼镜，除非演古装的情景喜剧。如

然后

果摘了眼镜,演一演在后花园和丫鬟们嬉戏的员外老爷倒是还行。现代剧,演个老师?便利店店员?或者一个普普通通的都市男青年,好像也可以。

那时那刻的我突然觉得,好像自己还是有一些戏路的。

但是我不会演戏啊,那咋办呢!

那阵子,湖南卫视正在播一个真人秀节目《一年级》,讲的是一群新人在上海戏剧学院学习表演的过程,表演导师有佟大为、袁姗姗、娄艺潇和陈建斌老师。那会儿每个周末都看这个节目,节目里的学生们戏很多,也有很多专业教学的片段。我看了节目突然萌生一个想法,如果想学习表演,那就去专业的艺术院校学习啊。如果真有一天,有人找我上一个戏,我去了,却在片场啥也不会,那可真是很丢人的。

想去学习4年专业的表演,我肯定是没戏了,早就过了本科生的招生条件了。我打了一个电话给我一个姑姑,她是江苏戏剧学校的表演专业老师。我说,我想学表演。姑姑说,为什么突然要学表演,唱歌不赚钱吗?我连忙说,不是不是,就是想学习学习，充实下自己。姑姑给我两个建议，一个是去报考中戏或者北电的表演进修班，还有一个是去考开心麻花的短训班。听完姑姑的建议之后，我想到了我的好友，来自北京电影学院编剧专业的极光光同学。

他每年冬天都会穿一件黑色长款羽绒服，样子普通得要命，但是胸前绣着6个字"北京电影学院"，得意扬扬得像一只孔雀。我连忙打电话问光光：哎，我如果要考北京电影学院的表演进修班，应该怎么报名？对方并没有回话，大概持续了3分钟的笑声之后，光光告诉了我一般的报名流程和一些注意事项。

我先在网上找到了北京电影学院的官方网站，然后找到了表演进修班的招生简章。下载完报名表后，填写了一份个人简历。发到招生简章上的邮箱后，联系上了一个北电的老师，刘老师。

刘老师是一个很有耐心的女老师。看了我的简历，她说，你这个情况条件还挺好的，本身也在行业里，如果对表演有热情，想来学习的话，北京电影学院很欢迎你。然后告诉了我如何报名，并通知了我考试的时间。刘老师让我准备一个朗诵、一个声乐表演，还有一个小小的小品表演。

然 后

考试那天我一大早就起了床，还特意吃了早饭。平时真的都是下午起床，早饭都很少吃。打了车直奔北电，下车的时候，看到很多年轻的男男女女，背着书包在校门口徘徊。大家都面色紧张，有点无措。我冒冒失失地冲过去，抓住一个小伙子问考场在哪，那个男孩似乎被我吓到了，很紧张地说，我也不知道，我也是来考试的。我转脸问了保安大哥，保安大哥告诉我路线之后，我特自信地招了招手，冲那个男生说，你跟我一块儿过去吧。

上了教学楼4楼，很多考生都提前到了。签完到之后，就等着面试。我找了一个凳子坐下来，旁边坐着跟我一起进来的男生和两三个年轻的女孩。我看着这些年轻人，大家互相客气着点了点头。年轻人总是很容易打开话匣子，一个女孩和另一个女孩聊着一些事，从哪儿来，之前考过哪些学校之类的。听起来，很多同学都是在高考中失利了，然后还是想学习表演才来报考进修班，虽然只有一年的学习时间，但也是可以通过一些渠道进入影视行业，这些年轻人心里都有一个很笃定的演员梦吧。我听了一会，突然很好奇，就问他们，你们多大了啊？那个男孩说他19岁，那个女孩20岁了。其实来参加这个考试，我心里只有一些兴奋和好奇，一丝紧张的情绪都没有，甚至觉得这一切都很好玩。看着坐在身边的同学都是风华正茂的年纪，我好像也跟着一样，变得青春无敌。我就问他们，你们觉得我年纪大吗？大伙儿连犹豫都没有，一起点了点头，有个女生还补了一句，看着不小了。

沮丧，超级沮丧，前一秒还试图混进20岁的圈子，下一秒就被人当面指出来：这位大哥，看着不小了，咋还来念书呢？！我想想也是，有哪个年轻人会问年轻人"你觉得我年纪大吗"这样的问题呢。

考试到我了，我拿着准考证，穿过一个走廊走到表演教室的门口。坐在门口的凳子上，里面还有一个同学在表演自己准备的小品。我突然紧张了，之前一直不知道表演小品的环节要给考官演个什么。只记得电视上有人说过，表演考试有个考生为了给考官留下深刻的印象，直接扇了老师一巴掌，听起来又好笑又不太真实。我真的不知道应该演个啥。害怕，呼吸有点急促。在几万人面前唱歌都没有紧张，在北京电影学院教学楼4楼的表演教室门口，我感觉自己快要昏倒了。

考场里的前一个同学出来了，我很忐忑地走进了考场。递上自己的资料后，开始自我介绍。考官一共有3位，两男一女。做完自我介绍之后，先开始朗诵。据说很多人都是背下来的，我咳嗽了一声，然后跟老师说，各位老师，我有点紧张，可以拿着稿朗读吗？老师点了点头，于是我掏出之前打印好的一张纸。我准备的段落是一段电影独白。

我读得还可以，之前还录制过中央人民广播电台"文艺之声"代代姐的一档读书节目，当时我录制的片段是蔡崇达的《皮囊》。有很多听众朋友都表示我读得不错。第一关，表现良好，暗暗叹了口气。老师示意我进行声乐表演。

这个就是很有信心了，但因为是清唱，所以很多歌也不一定适合。我就唱了李健的一首歌《异乡人》，降了调唱的，真的很害怕这个时候破音。清唱完之后，3位老师面带着微笑看我，示意我可以进行小品表演。

说实话，就在这一刻，我都不知道我应该演个啥。按我的理解，就是现场塑造出一个人物，这个人物做一个事情就好。这时大衣口袋里的手机震了一下，我担心是电话进来，赶紧把手揣进口袋，按了一下锁屏键，然后就摸到了口袋里的烟盒，于是心生一计,很淡定地跟老师们说,我准备好了。

我坐在椅子上,然后站了起来,走向考场的门口,打开了门,冲着外面走廊说:"行,你先去吧,超市人多小心着点,嗯,行,我在家不抽烟,我的身体我知道,肯定不抽。"然后关上了门,走在门另一侧的窗边,冲着楼下看了一会,掏出口袋里的烟盒,取了一根,一边拿火机要点,一边看着窗外嘴里嘟囔着,天天管得那么死,啰里吧嗦的。点好烟,走回屋子中间,坐在椅子上,假装拿起遥控器看电视,一副逍遥自在的样子。突然手机响了,我一看屏幕,接起电话说:"啊?你没带钱包啊?啊行行行,我帮你找找,要不我给你送下楼吧,你别上来了。行吧行吧。那你回来拿吧。"然后立马把烟头踩灭了,赶紧冲到窗边打开窗户,然后拿起一叠纸不停地扇空气中的烟味。把烟头捡起来之后,我跟老师们说,老师我演完了。这会儿,我后背都已经湿了。

考完了我觉得仿佛死过一回一样,刘老师让我回去等考试结果。表演真是一个特挑战人的事,考试就快把我吓晕了,这以后真要是演戏,绝对是个巨大的心理难关啊。等了一周左右,接到了刘老师的电话,考过了。于是,在2016年的3月,我开始了作为北京电影学院表演进修班学生的生涯,虽然这个生涯短暂到

然 后

我自己都不太相信。

2016年3月底,我去学校参加了表演专业进修班的开学典礼。考上的同学们多得有一点出乎我的意料,一个班竟然有50个学生。当时立马觉得自己考试时候的紧张和忐忑似乎有那么一点多余。可能只要不是考生的条件太差,就很容易考过吧。

第一节表演课结束后,我内心是澎湃的,是激昂的,充满了对表演事业的无限想象。然而,经纪人的一个电话彻底改变了我的校园生活。

"自在如风"的巡演启动了,6月11日在成都体育中心,6月18日在广州大学城体育场,6月25日在南京五台山体育场,3场演唱会近10万观众。配套的宣传计划和5月的音乐节演出行程,彻底霸占了我的4月和5月。我给班主任杨瀑林老师发了短信:杨老师,你好,我由于个人演艺工作的原因,需要请假,接下来一两个月的课程无法参加了。老师回复我:如果是工作安排和课程冲突,请假条写清楚你需要请假的日期和当日工作内容。于是我发了40多个工作日程,包含10个左右的音乐节,3个音乐颁奖礼,录制《快乐大本营》《我想和你唱》等节目,4场签票会，还有3场大学的演讲。6月也需要请假，需要开3场演唱会。老师秒回我：请假通过，你注意身体。

等到6月份演唱会结束后，我偷偷问了一下班上的肖同学，大家学习的进度如何了，肖说同学之间已经都很熟悉了，在一起上课排戏都蛮有默契的。而且，很多同学根本不知道班上还有一个不来上课的人。我又翻了翻7月的行程表，觉得，可能，我的学生生涯就这么莫名其妙地结束了吧。

后来的课程我都没有参加，年底的时候，班上的同学发微信问我，说毕业大戏排的是《暗恋桃花源》，我如果有时间的话，欢迎我去看戏。我没去，没好意思去。那一刻我很确定，我的演员梦碎了。

表演真的是一件很严肃的事情，需要倾注感情，还需要献祭一般地去塑造生命。在北电表演进修班的短暂经历，让我对这个职业有了更多的敬畏之心。演员在大家眼里，很多时候都是光鲜亮丽的，但背地里真的要付出很多，才能塑造好一个人物。如果你的胸中怀揣着对表演的向往，希望你可以去拥抱生活，付出热情去学习。

然 后

  秦昊经常在办公室嚷着要拉我演小短剧,放在我们的视频节目里。按照我们现在的水平,最多的情景可能是,我们撕扯着对方,然后大喊:海娃已经死 10 年了,你清醒一点!

  如果还有戏再来找我的话,我仍然愿意去试一试。或许有一天,我没准也可能成为一个真正的演员。

往事只能回味　300
--
301

一种年轮

肆

然 后

一种年轮 304
—
305

然 后

一种年轮　306
—
307

然 后

2010.08.04

当我还很小很小的时候，
生活在一所乡下中学的教师大院里。
我从小顽皮又直率，整体来说很乖巧，受到众人的宠爱。
我3岁的时候，比我大2岁的姐姐性格很内向，
经常被院里的大孩子欺负。
有一天中午，有个小学生恐吓我姐，
刚会跑的我，
举着一把菜刀在院里追逐那个惊慌失措的小孩。

妈妈给我们制定过很多规则，
比如"八不准"：不准喝生水，不准玩火，
不准出大院大门，不准……
有一回，我和姐姐攀在大院的大铁门上，荡过来，荡过去，
我姐突然大喊：张亮，你出了大院大门了！
我一看，我站在大门外侧了，我赶紧跑回大门内侧，
然后继续玩啊玩。

我很爱吃院子门口小卖部卖的冰棍。
某天，我连吃了七八根，然后就发烧了，

我爸让我吃药,我怎么都不吃。
他就买了一根冰棍,把药片碾成沫,
均匀地洒在冰棍表面。
我接过来,
偷偷用水冲了一下,
接着吃,
还装出很苦的表情。

奶奶带我去姨奶奶家玩,
我站在农村的场上玩得很高兴。
我就站在一个猪圈的旁边,
不停地转啊转,
然后觉得天空和树木都在旋转,
感觉很奇妙。
后来奶奶连忙叫我,我就停下来看着奶奶,
然后就不由自主地快速向旁边的猪圈冲了过去,
一头扎了进去。

姨奶奶很疼我,
每年都会亲手给我做一双老虎头的布鞋。

然 后

我都会高兴地告诉姨奶奶,那是我最喜欢的玩具!
我姐曾头顶着尿盆,
我头顶着痰盂,
我俩装作戴上了钢盔,
走在乡间的小路上。

每天晚上的睡前故事让我妈很头痛。她都已经编不出什么故事了,就对我进行"诱导性教学",让我讲故事给她听。有一天,我编了这样一个故事:曾经有个美丽的公主,走在森林里,突然出现了一头大老虎,公主就被吓得尿失禁了。第二天,我妈又让我编故事,我就讲了一个不同的故事:曾经有个美丽的公主,走在森林里,突然出现了一头大老虎,老虎被公主的美丽吓到尿失禁了。

我从小就是文艺骨干,最经典的演出就是拿着快板说"三句半"宣传计划生育:"东边有个王大嫂,计划生育搞不好,生了三个小宝宝,(一皱眉)还嫌少! 西边有个李大嫂,计划生育搞得好,只生一个小宝宝,(竖大拇指)刚刚好!"

2011.04.05

我在上海虹桥站,转车回无锡。刚在车上太挤了,我书包顶到了热水口,然后腿就被烫了。满屁股的水,好痛。我对伙伴们自嘲说:我尿了。

2011.07.04

钟立风的歌词里常常提到孩子,我想可能他内心深处一直保持着孩童的梦想吧,就像王小熊猫的歌《心中的孩童》表达的情绪一样。有人会问民谣是什么,其实我并不民谣,喜欢听民谣音乐,或许是因为喜欢聆听像钟立风那样的歌手柔软地用歌声表达自己情绪的方式。爱生活就要多听歌多喝水。

2012.08.12

你啊你,是自在如风的少年,飞在天地间,比梦还遥远。你啊你,是梦中轮回的少年,在寂寞难过时点燃烛火,亮彻这夜。嘉陵江的水,苦命人的签。短短时光,从重庆到济南。我捧了五龙潭的泉水,喝下时记住心情和味道。我在距你几千公里之外,梦到了有你的时光。

然后

2012.09.12

昨天在秦昊家里和他商量事情，他煮了花茶，我喝了一口，是甜甜的苦。在无锡时，我切了一个猕猴桃和他分着吃，他看着猕猴桃独自哀怨：这满满的籽像我的心事。有朋友跟我们抱怨生活的艰辛和不易，我安慰道，活着本来就是件很辛苦的事。秦某人补了一枪，舒服是留给死人的。

2012.09.15

听说北京有个屯叫三里屯，有个坡叫"等爱坡"。一批批全球热爱和平追求幸福的人，都相约在这里。他们欢乐，微笑着，坐在"等爱坡"上，看着喷泉，看着幸福的人们。"等爱坡"左侧有星巴克，右边是苹果专营店。让我们闻着咖啡香，享受高科技，等待属于自己的爱情。

2012.9.24

早已悄悄过去的这个夏天，是充满阳光和回忆的。昨夜回到南京，闻着熟悉的枕头味道。我回想6月的深夜和秦昊在回家的出租车上，看着路灯透过梧桐树叶，洒下束束光线，让人充满希望。当梦想慢慢走近现实，充满感动和思念，我不断坚定自己在路上的心，并在梦中呼唤着爱人的名字，让心不再孤独。

2012.10.10

我读过最多的杂志是我家从1990年代初就订阅的《小说月报》，上面登过很多长篇小说。《妻妾成群》《玉米》这样的小说我都是在《小说月报》上看到的。农村故事一般都会有一些暧昧元素，所以每次现场演出有人大喊"张队长"时，我都浑身一酥……

2012.12.06

今天我思考了一个问题，年轻的我们到底在追逐什么。是梦想吗？感觉很俗套。是美好的爱情吗？可是感情的事又不是思考可以解决的。听到许巍的老歌《曾经的你》，突然觉得做一个自在如风的少年，没我们想象的那么简单。我是一个很普通的人，充满了缺点，希望这个疲惫的夜晚，可以安眠。与你同在。

2013.01.24

我做了一夜的梦，光怪陆离的场景和情节我都记得很清楚。你在我面前第一次哭红了眼，我捧着你的脸说没事的。我想带你去划船，发现湖面长满了浮萍，我跳过了一条长长的河，像鸟儿一样飞了起来，拉着你在洒满阳光的草坪上

然后

一起躺着看天。那一刻,我误以为我们回到了从前。那种不真实的幸福感让我无比难过地醒了。

2013.03.18
每个人面对喜欢的人时都会变得卑微。会在梦里梦到,会不厌其烦地问对方在干吗,会希望对方哪怕搭理你一下也好。若是对方态度冷淡,自己就会想是不是有些事做错了,会不会自己在打扰别人。其实,只是不肯告诉自己,最初的喜欢已经变了。浮生未卜爱与恨,才使动情话别离。

2013.10.11
摇滚是什么?好难定义,自由平等、爱和包容,坚持每个人的表达方式或许就很摇滚。秦昊的眼袋就很摇滚。

2014.01.20
睡醒了起床上厕所,刚走出厕所门,客厅突然传来一阵幽怨的呜呜声,让人不禁想看过去。可是猛地一个寒战,脑海中有一个声音在大喊:不要,不要过去!我怔怔地站在走廊,突然,我睁开双眼,看到秦昊在客厅写歌,于是我就继续去睡了。

2014.10.15

吃火锅拌调料要蒜泥香油不爱放醋,吃薯条不爱蘸番茄酱,吃橘子只吃瓤要把每瓣都撕开吃,最爱吃腐竹和豆皮。系鞋带要先左再右,穿鞋子经常一双连续穿很多天,每天都要洗澡但会懒得刷牙,走路声音不大但速度很慢,听歌最爱"好妹妹"。

2014.11.14

每个人所知道和了解的世界与人永远是片面的,独立思考和对自由的探索,对我而言只是寻找自己的过程。经常会怀疑,怀疑自己被新奇的世界蒙住了双眼。而每当深夜里,自己独自清醒的时候,好像会离自己更近一点。双子座每天睡醒都会挑一个模样活一天,其实每一个模样都是自己。

2016.01.19

啊,明早要考试,好紧张,捡钱包该怎么演?秦昊教我,说,咦,这里有个钱包,让我把它捡起来,这样一定会得高分的。白眼。极光光教我,你演一个巨星,经纪人接你的车堵在路上,你只能坐公交,然后,你还没零钱。白眼。台词考试应该背哪段?我感冒了,脑子都是晕的,啥也背不下来咋办?我相信我可以考上。

然后

2016.04.11

你爱着谁，谁讨厌着你，你假装一点也不在意，你又躲在屋里哭到昏天暗地。都没关系，喜欢和支持你的人都会给你拥抱，都会陪你笑。喝了好多酒，回到房间才发现，原来自己也流了好多泪。

2016.05.16

秦昊和我在出租车上，我们都感慨，没想到30岁的时候可以活成现在这个样子，与其平平淡淡倒不如大哭大笑，感恩一路上相伴的人。秦昊开心地说，享受二十几岁的最后一个小时，他30岁的愿望是，可以活到40岁。

2016.05.20

关于《谎话情歌》

刚刚录完这首歌的时候，我在成都听了有50遍。刚开始的时候会一直哭，后来就麻木了。

就像前半段一直在说的甜言蜜语，年轻的时候对着喜欢的人不知道说了多少遍，也抵不过时间拉着我们继续往前走，彼此慢慢变成路人。

情话其实也不是谎话，用谎话定义年轻时的义无反顾太残忍了，哪怕心里知道"永远这样"的承诺很难，但说出口的时候，是充满期待和勇气的，是相信永远的。

面对感情自己一直比较悲观，不洒脱不积极。在我眼里，爱情是用来等待的，不能寻找。一生之中可以游戏人间，但你心中可以付出全部燃烧自己的份额就那么几次吧。

哪怕听了再多的情话，若觉得这些是谎话，心里也要相信自己会幸福。

歌曲最后有双声道，不妨根据自己的心情选择只戴上一只耳机听。美好的承诺和誓言都在左耳，残酷的独白和坦诚在右耳。

2016.05.25

机场的面条都很难吃

起得早没什么　你还睡得晚呢

早班机不可怕　可怕的是早班机晚点

在飞机上睡觉要带口罩　因为睡觉会张嘴

睡得很丑后醒来　空姐会说　小厚可以合影吗

行李总是丢　总是在行李传送带前站着

像等待自己想吃的那盘回转寿司

坐飞机很累　但人依然好看

然后

感谢你们的手下留情
我爱美颜相机
再坐飞机就快吐了
机场是我家　追星靠大家

2016.05.31
列了一个梦幻的歌单
可以在一个 Live House 里演出
舞台中间放一颗彩色灯球
我和秦昊梳好油头穿上西装
有 4 个伴舞
要求所有观众要按《我爱我家》里面穿
必须跳老年迪斯科
然后……
唱《舞女泪》《粉红色的回忆》《爱拼才会赢》《无言的结局》《爱情骗子我问你》《夏之旅》《得意的笑》《爱江山更爱美人》《往事只能回味》《你潇洒我漂亮》《我听过你的歌》《昨夜星辰》《把根留住》《迟来的爱》《凤凰于飞》《美酒加咖啡》《走过咖啡屋》《摇太阳》《蓝蓝的夜蓝蓝的梦》《天不下雨天不刮风天上有太阳》《走四方》

最后全场大合唱《心会跟爱一起走》
棒不棒？！
你就说棒不棒？！！

2016.07.16

我做梦，梦到我有个6岁的女儿，结果有个不知道什么朋友非要组织亲子5公里夜跑，我说我不去了，女儿太小我怕她吃不消，而且还是晚上怕不安全，结果对方并不想理我，并警告我不要危言耸听，后来我觉得还是不要动不动和广大群众站到对立面，结果刚跑了5分钟，黑不隆咚就看不到我女儿了，我勒个去，我就说不要跑啊，气死我了！我好不容易才有了女儿啊！

2016.07.23

当自己意识到离你有一万多公里的距离时
我心里突然一下子好难过
仿佛再美好的景色都变得冷淡
但风卷过山头时我在想　或许
这阵风也曾这般温柔地轻抚过你
我想你了　你呢

然后

2017.05.09

我妈今天跟我打电话说,这个月你生日哎。
我说嗯,我要出差。
我妈可能觉得我 30 岁了,想要一起庆祝一下吧。
其实这几年都没有什么过生日的概念。
每一年都会想想这一年自己对自己是否满意,未来的一年还有什么期许。更多的时候希望,现在一切的美好都不要变,就这样,一直下去就很好了。
认识彼此很重要,这些歌是让我记住这些美好。

2018.07.05

希望你的眼睛　还有少年般的光明
那些天真的憧憬　不曾揉碎在风里
希望你的眼睛　还如此清澈见底
那些美好的秘密　无言的歌曲
藏在未曾苍老的心

2019.02.21

现在我浏览微博的轨迹是这样的：躺着刷微博，看到一个瓜，然后进了话题，看到一个用户言论很有意思，就点进其个人主页看相关微博，最后发现点赞的微博里有德云社的视频，于是，就看了两个多小时相声。

云鹤九霄，龙腾四海。

图书在版编目（CIP）数据

然后：张小厚首部成长随笔 / 张小厚著 . -- 南京：江苏凤凰文艺出版社，2019.8
ISBN 978-7-5594-3838-6

Ⅰ . ①然… Ⅱ . ①张… Ⅲ . ①随笔—作品集—中国—当代 Ⅳ . ① I267.1

中国版本图书馆 CIP 数据核字（2019）第 118964 号

然后：张小厚首部成长随笔

张小厚　著

出 版 人	张在健
责任编辑	张　黎　孙建兵
装帧设计	薛顾璨
责任印制	刘　巍
出版发行	江苏凤凰文艺出版社
	南京市中央路 165 号，邮编：210009
网　　址	http://www.jswenyi.com
制　　版	南京新华丰制版有限公司
印　　刷	苏州市越洋印刷有限公司
开　　本	889mm×1194mm　1/32
印　　张	10.75
字　　数	190 千字
版　　次	2019 年 8 月第 1 版　2019 年 8 月第 1 次印刷
书　　号	ISBN 978-7-5594-3838-6
定　　价	68.00 元

江苏凤凰文艺版图书凡印刷、装订错误可随时向承印厂调换